·文学新观赏·青少年读写范典丛书·

不是为一只虱子求情

余显斌 | 著

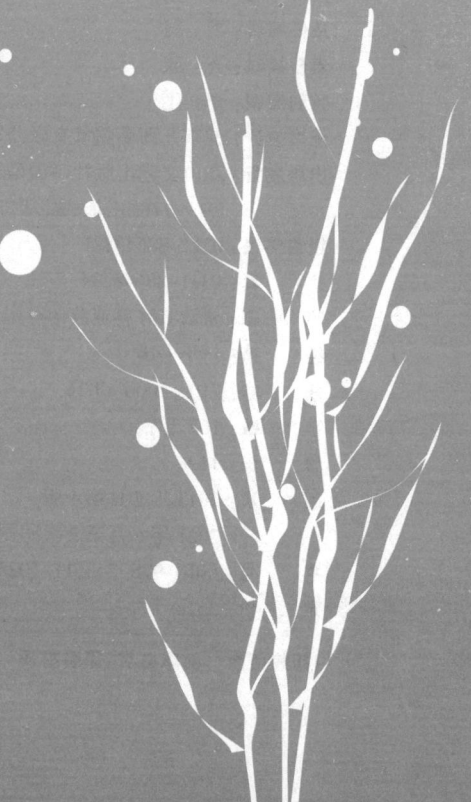

花山文艺出版社

图书在版编目(CIP)数据

不是为一只虱子求情/余显斌著.—石家庄：花山文艺出版社，2013.6（2021.6重印）
（"读·品·悟"文学新观赏·青少年读写范典丛书）
ISBN 978-7-5511-1023-5

Ⅰ.①不… Ⅱ.①余… Ⅲ.①散文集-中国-当代②小小说-小说集-中国-当代 Ⅳ.①I217.2

中国版本图书馆 CIP 数据核字（2013）第 111887 号

丛 书 名：文学新观赏·青少年读写范典丛书
主　　编：高长梅　王培静
书　　名：不是为一只虱子求情
作　　者：余显斌

策　　划：张采鑫
责任编辑：董　舸
责任校对：齐　欣
特约编辑：李文生
全案设计：北京九洲鼎图书有限公司
出版发行：花山文艺出版社（邮政编码：050061）
　　　　　（河北省石家庄市友谊北大街330号）
销售热线：0311-88643221
传　　真：0311-88643234
印　　刷：永清县晔盛亚胶印有限公司
经　　销：新华书店
开　　本：710×1000　1/16
字　　数：165千字
印　　张：11.5
版　　次：2013年7月第1版
　　　　　2021年6月第2次印刷
书　　号：ISBN 978-7-5511-1023-5
定　　价：36.00元

（版权所有　翻印必究·印装有误　负责调换）

读,是为了更好地写

高长梅

阅读的目的是长见识,是提升自己的文化素养。这是"读"的基本意义。

很多时候,我们的阅读也无任何的目的,就是为了消遣,为了解闷,为了打发时光。其实,这是"读"的另一种境界。

但对学生乃至爱好写作的人而言,"读"还是为了"写",即人们常说的"读写结合"。这,却是大有讲究的。

"读什么","怎么读","读"如何促进"写",这个问题困扰人们少说也有两千多年了。外国不言,单说我国自《诗经》始,《四书五经》到《千家诗》《古文观止》《唐诗三百首》,哪一个的"读"不涉及后人的"写"?"熟读唐诗三百首,不会作诗也会吟"就说明了"读"和"写"的朴素关系。

"读"于"写"的第一点,当是语言的积累。对绝大多数人而言,"会说"也"能说"几乎是与生俱来的,但这些不一定就是我们写作的语言。即使你"会说"、"能说",但不一定能准确表述你的想法,你的所见所闻;尤其是不一定能用丰富的、生动的、形象的语言或简洁的、凝练的、科学的语言来描述人或事物或观点。写作当如建房,没有各式各样的语料积累,其结果可想而知。巧妇难为无米之炊,再牛的能工巧匠没有基本的建筑材料他也盖不起房子来。但语言积累,不是简单的语言记忆,要内化为自己的,要在自己的胸中发酵,要让它带上自己的思想、情感。这样,在写作运用时,就不会是简单的模仿甚至抄袭。即使是原句引用,也会与你的文章融为一体,恰到好处。初学写作者,常常苦恼自己词汇少,不能准确表述自己的思想；或苦恼自己写得干巴巴的,没血没肉；或苦恼自己虽写得字通句顺,却不像别人写的那样摇曳多姿；等等。多积累语言,是根治这种"疾病"的唯一药方。因此,我们在"读"时,就要看别人是怎么用字、怎么用词、怎么用句……来描写、叙述、来情、议论的。

"读"于"写"的第二点,当是技巧的化用。"我手写我心",看似简单轻松,看似随意,但正如建房,砖头、瓦块、木料等都摆在了你的面前,却不是任何人都建得了房的,你得有建房的技能。写作也是一样,你得掌握一定的技巧。人物怎么描写,事件怎么叙述,情感如何抒发,道理如何论证,等等,你得掌握其基本的方法,然后才能"心到手到",写出一篇像样的文章。我们要像建房者,先做"小工",看人家是如何砌墙、如何粉刷的；然后做"匠人",亲自实践,在模仿中掌握其方法,逐渐为我所用；"匠人"做多了,熟练了,就成了"师傅"。"师傅"一级,技巧娴熟,房建得漂亮。而用心的"师傅"爱钻研,爱琢磨,结合他人的方法创造出更好的新方法,他就成了"建筑师"。写作同理。我们不少阅读者,语言的积累比较重视,但琢磨人家写作技巧的不多,所以文学爱好者不少,但成为作家的就少多了,原因大概与这有一定的关系。因此,我们在"读"时,就要看别人是如何选择材料、如何谋篇布局、如何安排结构、如何运用表达方式、如何布置情节……看他们如何安排重点、如何把人物写活、件、如何条分缕析丝丝入扣、如何巧妙起承转合……

"读"于"写"的第三点,当是思想的融合。有了语言的积累,也掌握了一定的技巧,文章也写得是这么一回事了。但你的文章仅仅止于此,那也不过如同一栋能住人的房子而已。一篇文章品质的高低,除了语言的准确、生动、丰富、优美、灵动……除了构思的奇巧、结构的多元、情节的波澜、布局的精妙、手法的多变……是否有思想就显得格外重要。我们常说,这篇文章语言优美,构思巧妙,但立意不高。我们还常说,这篇文章不仅语言优美,构思巧妙,而且立意高,有思想。一篇仅靠语言打扮的文章,就好比一个俗人涂脂抹粉；一篇仅靠卖弄技巧和语言的文章,就像一个没有灵魂的美人卖弄风骚而已。语言可以记忆,技巧可以模仿,但思想要靠领悟,要融入作品之中去反复地阅读,要从深层次去寻找作者的精神。有的人的文章写得很美,技巧也妙,但就是没有深度,没有思想,没有灵魂,没有底蕴,往往就事论事,往往只是当复印机,复制了场景,复制了人物,复制了事件,但都是没有活力,没有生气,没有精神的。在阅读中提升自己的思想,的确常被我们忽视。思想靠别人的潜移默化来,精神也靠别人的影响而来。我们常听说在阅读中提升了自己,净化了自己,受了一次洗礼似的教育,等等,大约就是指这些吧。所以,我们在"读"时要琢磨别人是如何通过人物的描写表现人物的思想、精神,琢磨别人如何通过将一般人眼中的小事、凡事写出其社会价值,琢磨别人如何从一滴露珠看出太阳的光芒……如何选择语言材料最准确、最鲜明地表达出思想内容而非干巴巴贴标签,如何通过景、人、物悟出其蕴含的道理而非故弄玄虚牵强附会……

"读"于"写"的第四点,当是情感的交融。文章当有情,无论你是否抒了情,情就不自觉地流出了你的笔端。阅读中,我们除汲取作者的语言养料、技巧养料、思想养料外,还要品味、感受作者的"情"。与作者同悲,与作者人物同喜,置于作者笔下的优美环境而赏心悦目,等等。这就是受作者之"情"的"滋润"。文章是否感人,除了语言、思想外,有无"真情"很重要。朱自清的《背影》靠的是"情"的打动,鲁迅的《记念刘和珍君》这篇"血写的文章"其实靠的也是"情"的喷发。一篇只有华丽的语言而无思想的文章犹如没有灵魂的躯壳；一篇即使有非凡高度思想而无情感的文章也不过是一具可能具有文物考古价值的木乃伊。但"情"在文中的宣泄如何把握,这也是我们在阅读中要学习的。这也是我们常犯的错误。写作中我们或无病呻吟虚假瘆人,或情溢滥觞叫人发腻。让"情"如何恰到好处,非向好文章学习不可。这样,我们在"读"时,就要仔细琢磨别人是如何选择写作语言表达出作者的喜怒哀乐之情,如何传递作者人物的喜悦、哀思、忧怨、恋情，或深、或浅、或缠绵、或热烈，或似小溪的舒缓、或似大海的波涛、或似斗室之花的温柔、或似山野之花的奔放……看作者如何褒贬对象，看作者如何措辞达意致情，看作者如何巧借人、事、景、物以寄寓情感……

"读"于"写"的第五点，当是风格的鉴赏。所谓风格，它是一个作家成熟的标志，是作者在文章（文学作品）中表现出来的艺术特色和创作个性。我们鉴赏其风格，主要是学习他如何创造和完善文章（作品）的风格，也就是看作者在处理题材、驾驭体裁、描写形象、表现手法、运用语言等方面各有什么特色，最终形成了怎样的风格。这些风格，最后成了一个作家个性化的标志。当然，这是"读"的高要求了。琢磨多了，实践多了，很多写作者也形成了类似的风格，便也融入了原作者的风格之中，也就形成了"派"。比如"荷花淀派"、"山药蛋派"、"读者体"、"知音体"，等等。当然，也不能简单模仿，也要适时变化，否则当年散文必"杨朔式"、小说必"欧·亨利式"的文学闹剧就会重演。

习作者若能此，写出好文章就有可能了。

弄明白了这些，还有一个重要的问题是选择什么样的读物。读名著，当然好。但很多名著由于作者所生活的时代不同，社会环境不同，或阅读者的阅历不够，文化积累不够，不一定读得懂，更不用说借鉴于自己的写作了。

基于此，我们推出了这套《文学新观赏·青少年读写范典丛书》。这些作品，不是名著，但是属于好作品；没写重大题材，但大都真实反映了社会生活的变迁，人们精神面貌的焕然一新；没有高深莫测的技巧，但或平实、或奇巧、或清新可人、或浓郁奔放，更适合青少年读者学习、借鉴。

目 录

第一辑　给善良安个小巢

母爱的味道　/002

给善良安个小巢　/005

浮萍的声音　/007

给心灵搭桥　/009

爱心如露　/011

心灵的城防　/013

爱吃野菜的庄老师　/015

第二辑　那个月光明亮的夜晚

给自信竖个牌子　/020

那个月光明亮的夜晚　/022

蜜蜂的疑惑　/024

喜羊羊的惊险经历　/026
一只想飞的小鸡　/029
小草的心　/031
卖瓜　/034
回赠春天　/036

第三辑　追问灵魂的眼睛

生命的堡垒　/040
追问灵魂的眼睛　/042
在父爱中乘凉　/044
娘要回家　/046
信任的价值　/048
心中的碑　/051
友情如针　/053

第四辑　摆渡心灵

书虫的懊悔　/056
远行的尾尾　/058
微笑的美丽　/060

那年高考　/062
失败的曙光　/065
摆渡心灵　/067
心灵的糖皮　/069
一车花香　/072
自信的音符　/074

第五辑　千年前的那位公仆

故园如画胡不归　/078
软语化干戈　/085
不是为一只虱子求情　/086
千年前的那位公仆　/088
赵普的失误　/090
五月的屈原　/092
叛徒的心理　/095

第六辑　一鞭抽转历史

两个人的绝唱　/100
一鞭抽转历史　/102

末座升上座　/105
浑蛋的力量　/107
智慧在刀尖上开花　/110
大度不是傻　/112
钓鱼城奇迹　/113

第七辑　文化的骨节

走向煤山的崇祯　/118
蓝关碑　/120
良心的尺子　/123
那年的柴桑　/125
国殇袁督师　/128
文化的骨节　/133
孤独的鬼才　/135
那一方古典的山水　/138

第八辑　爱心如露

用善良治病　/144
小鸟的妈妈　/146

爱比粮食更珍贵 /149

别在职场埋雷 /151

奸雄的精明 /153

清甜的微笑 /155

走进立夏 /157

苏轼的尴尬 /159

茶瓷的交接 /161

亡国的排场 /163

向上司借一个枕头 /165

心中藏古镇 /167

第 一 辑
给善良安个小巢

母爱的味道 / 给善良安个小巢 / 浮萍的声音 /
给心灵搭桥 / 爱心如露 / 心灵的城防 / 爱吃野菜的庄老师

母爱的味道

母亲睡在床上,头发散乱,脸色蜡黄,如一盏即将熬干的灯,风一吹,就会熄灭。

母亲得的什么病,至今我们也没弄清。

母亲是在一个冬天生病的,那时候,队里种了一块花生,挖过之后,地空在那儿,花生地里,花生一般是很难挖尽的。于是,母亲就想去翻捡一点,当时不能白天去,母亲就选择了晚上。

那夜一定很冷,地上下了一层白霜,月亮一落,白花花的,如雪。

母亲上半夜去的,下半夜才回来,寻得有小半袋子,剥了,有一升花生米。那晚上,我们终于吃上了从没吃过的花生米,又焦又香又脆,那种味,直沁入人的心里、记忆的深层里,至今没有消散。

母亲不吃,父亲也不吃,都微笑着,看着我们吃,很满足的样子。

那时我们还小,只有姐姐懂事地把花生给父亲和母亲吃。父亲摇头,一边吸他的烟,一边说不吃。母亲咳嗽了两声,说:"你们吃吧,妈不爱吃花生。"

我很奇怪,眨巴着眼睛问:"花生好吃呢,你怎么不爱吃呢?"

母亲笑着,拍着我的头,然后捡起地上的花生壳,扔进了灶洞,又咳嗽了几声。

母亲的病就是那夜得的,开始的时候,是咳嗽,据母亲说,那夜,她翻了大半块地,累了,出汗了,就脱了棉衣,可能是感冒了。

可这次感冒并不像以往那样,一扛,就扛过去了。

母亲的咳嗽特别厉害,尤其是冬天,各种土单方都用了,也不见效。那时家里特穷,没有一分钱,母亲就硬撑着,带着病下地干活。

母亲身体本来就不好,加上家里吃上顿没下顿,以及繁重的劳动,渐渐地,母亲的身体垮了,一天不如一天了。开始咳嗽,吐的是痰,慢慢地咳出了血,脸色也由苍白变成了蜡黄。

终于有一天,母亲再也支撑不住了,一头倒在地上,被抬回家,睡在了床上。

父亲再也不听母亲的劝阻,请来赤脚医生,看了母亲的舌苔,诊了诊脉,打了一针,走了。然而,母亲的病不但不见好,而且日见加重。

父亲上坡干活去了,母亲就睡在床上,教姐姐洗碗、洗衣服,甚至是做饭。看着姐姐小小的身子在忙碌着,母亲就红了眼圈,说:"跟着我们,娃儿受了罪了。"

我和两个妹妹眨着大眼睛,望着母亲,不知她为什么突然这样伤感。

母亲让我们过去,拉着我们的手,一个个摸,摸不够,说:"以后要听爹的话,姐姐哥哥妹妹不要争吵。"

我们都懂事地点着头,

母亲又红了眼圈:"没有妈了,更要互相照看好。"

我们睁大了眼睛,问:"妈,你要去哪儿?"

"去很远很远的地方,"母亲脸上泛出一丝慈爱,"到你外婆那儿去。"

"外婆不是死了吗?"姐姐问。

"妈也快要死了。"母亲喃喃,泪流了出来,

"妈,你不要死,我不要你死。"姐姐哭了,我们也"哇"的一声跟着哭了,母子们哭成了一团。

但我们的哭终究也没有挽留住母亲,在又一个深秋,母亲处于了弥留之际,睡在床上,已经两天没吃没喝了,

父亲低着头,不停地问:"你想吃啥?说出来,我给你做。"

母亲喃喃道:"花生,真想尝尝是什么味。"

父亲擦擦眼角,说:"你等着,我就回来。"当时正是花生成熟的时候,父亲出去了,不久,连秧子带花生抱了一大抱。

是队长让父亲扯的,说有什么责任,他顶着。

父亲把花生洗净,炒好,香喷喷的,拿到母亲床前。嗅着香味,母亲睁开眼,慢慢张开嘴,正准备吃父亲喂的花生米,可是,望望我们,又缓慢地摇摇头,闭上了嘴。

母亲看到我们围在身边,眼睛直勾勾地望着花生,四个孩子,除了姐姐之外。

母亲让父亲把花生给我们兄妹吃。

父亲说:"你吃吧,尝尝是什么味道吧。"

母亲摇摇头,很坚决,一边让父亲把花生给我们吃,一边喃喃道:"娃们儿跟着我们受罪了,我对不起他们。"

父亲也流下泪,把花生分给了我们。我们那时真的还小,我才四岁,两个妹妹,一个三岁,一个两岁。只有五岁的姐姐还懂事,舍不得吃,剥好花生后准备给母亲喂时,才发现,母亲的嘴永远地闭上了。

母亲的眼角,还挂着两滴泪。

多年后,花生,已不是什么稀罕物了,再也勾不起孩子们的食欲了。可我仍然爱吃。母亲,每次吃到花生时,我都会想到你,很想流着泪告诉你,花生的味道真的很香很香,它跟母爱的味道和现在的生活的味道一样,直沁到人的记忆深处和灵魂深处,永远也消散不了。

给善良安个小巢

我们教室的窗外,是几棵槐树,白白的花儿如雪一样洁净。每天,上课的时候,我们在教室里叽叽喳喳地叫,就有几只小鸟在窗外的树上叽叽喳喳地叫,叫得人心里一片明亮。

这时,黄宛如老师看看我们,再看看鸟儿,脸上总会露出笑来,槐花一样洁净。

不久,我们发现,槐树上,鸟儿不知什么时候做了个窝。而且,雏鸟也出现了,声音轻轻的,嫩嫩的,笛儿一样,很好听。再过一段时间,就有两只小小的花背鸟儿随着母亲在青绿的枝叶间穿梭,不时,停在靠近我们窗台的一根斜枝上,一荡一荡的,叫几声,豆眼骨碌地望着我们,很好奇的样子。

这两只小鸟太可爱了,我们很想把它们捉到手。如果能把它们放在手心里,仔细看看它们嫩黄的小嘴是怎么吐出这么好听的歌,或者再抚抚它们蓬松松的羽毛,该多好啊。

于是,在一次课间休息时,瞅黄老师不在,我们几个淘气的孩子找来一根长竹竿,去戳那个鸟窝。鸟窝戳掉了,可小鸟并没有捉住,展着翅,惊慌地飞走了,和它们的母亲一块儿,围着那个垒窝的树杈,上下翻飞着,一声声尖叫,失去了往日的脆嫩。

上课的时候,我们很怕鸟叫会引起黄老师的注意,可黄老师偏偏把头转了过去。我们几个戳鸟窝的学生都低了头,心里"怦怦"地跳。

然而,黄老师并没有说什么,继续上课。

到了下一节,是美术,仍然是黄老师带。她走进来,笑笑的,让我们画教室外的风景。

我们都很高兴,一边看着窗外,一边思索着,一边认认真真地画着。

那天,我画的是我们的游乐场,有荡起的秋千,有长长的滑梯,有明亮的教室,窗子在太阳下反着光。当然,场地边上,还有几棵树,一片葱郁的树叶,用线条曲折勾勒的。天空上,有几只鸟儿在飞,跟着它们的爸爸妈妈一块儿,非常快乐。树上,也有几只小小的鸟儿,伸着小嘴,向妈妈要吃的,很淘气。真的,现在想来,那画画得非常稚嫩,都是小儿涂鸦之作。但是,当时自己却认为非常好,得意地拿着,去让黄老师看。

黄老师接过画,很细致地看着,啧啧地赞叹着,赞叹得我一脸阳光,心,飘悠悠的,几乎要飞起来了。同时,满脸得意地向同学们望,想,瞧我的,咋样?

黄老师看了一会儿,把画展开,问我,画里是不是还少画了什么东西?

我凑近去,认真地看着,有滑梯,有长椅,有飘荡的秋千,有各种其他的玩具,还有放风筝的同学:一样都不缺啊。

老师说:"你再看看天空和树上,是些什么?"

我说鸟儿,在跟它们的妈妈学飞呢;有的向妈妈要吃的,肚子饿了。

老师点点头,说:"你放学了要回家,鸟儿呢,它们也要回家啊,不然,在外面过夜,多冷多害怕啊。"

哦!我把这忘记了,我眨眨眼。可是,场外的树上已没有了鸟巢啊。

老师望望窗外,望着那棵已没有了鸟巢的树,然后,回过头来,对我们说:"这幅画画得多好啊,尤其那些鸟儿,像你们一样,快乐幸福地跟在妈妈身边,高兴地唱着歌,多活泼啊。可是,它们如果没有了家,没有了遮风避雨的地方,又怎么能欢乐得起来呢?晚上,它们没有地方睡觉;白天,它们没有地方吃饭;暴风雨来了的时候,它们连避雨的地方也没有。大家说,它们可怜不可怜?"

大家异口同声地回答:"可怜!"我们几个捅鸟窝的孩子都红了脸,很不好意思。

然后,老师拿起笔,递给我,说:"现在,知道画里缺少什么了吗?"

我点点头,接过笔,很认真地在树叶中间画上了一座小木房子,尖尖的房顶,圆圆的窗户和圆圆的门儿,小巧而别致。我想,今夜,那些无家可归的鸟儿,一定会偎依在妈妈的怀里,睡在温暖的木房子里,做着一个个香甜的梦。

我画得非常认真,也非常仔细。画儿画好后,交给老师,黄老师拿起笔,在画儿旁边空白处工工整整地写上九个字:在心里给鸟儿安个家。

放学后,老师找来梯子,在我们的帮助下,把那个鸟窝又放了回去。

那年的美术竞赛中,我的这幅画参加了市里组织的学生书画竞赛,还获了奖。

但是,至今,我仍然认为,我得到的最大奖赏,莫过于黄老师赠送的那句话——在心里给鸟儿安个家。同时,在我的心里,安下的,还有一个小巢,那里面住着一对叽叽喳喳的生命,一个叫善良,一个叫仁爱。

浮萍的声音

你说你爱听浮萍的声音。

浮萍也有声音吗?

有的,你肯定地说。你说浮萍有生命,有生命就有声音。浮萍的声音好听着呢,嫩嫩的,脆脆的,童音一样。

你说着就笑了,苍白的脸上漾出圣洁的光晕,淡淡的,一闪即逝,可那里

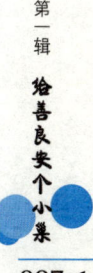

仍满溢着生命的乐趣,让人见了,仿佛面对着阳光、草地、翩翩起舞的蝴蝶和三月里的鲜花。

"身世浮沉雨打萍"那是诗人的感慨,是自伤身世,可关浮萍什么事呢?浮萍仍是浮萍,从不那么悲观厌世。你说,你仿佛很了解它们的心思似的,或者说,你自己仿佛就是一粒浮萍似的,在静静地叙说着自己的想法。

真的,你不相信吗?你认真地问,长长的眼睫毛一眨一眨地泛着阳光的碎片。

相信,相信,怎么会不信呢?

记得你曾讲叙过那件事,那件古代诗人们从未曾发现过的情景。那是一个冬天的早晨,雪花大朵地挥洒着,一把红花小伞飘过雪野,飘上小路,来到河边,你站住了。

你猜我看到了什么?你讲到这儿时曾故意卖个关子,偏着脑袋天真地问。

是浮萍。你说。

在水之湄,几粒浮萍漂漂着,针尖大小,拖着一尾尾须根,多绿啊,每一粒都有一份自己独特的绿:嫩绿、青绿、浅绿、墨绿……每一粒都好像一朵绿色的火花,灼人。雪花落下,一片片地落在这些绿上,融成水珠,而那绿透过水珠也依然闪亮,醉眼。那绿一丝丝渗入水珠中,水珠也沁出温润的碧色,水灵灵,嫩生生的,仿佛一颗颗翡翠珠子。

就是在那儿,你看到了浮萍们的追逐嬉戏。水波荡漾,浮萍们你碰我,我撞你,撞痛了闪开,不服气再来。那傻傻的样子顽皮极了。也是在那儿你听到了浮萍的叫声、笑声,那么的天真无邪,那才是生命本初的声音呢。

从此,你的心中总有一群浮萍在歌唱。

你说,如果你死了,真希望有人在墓碑上刻下这样一句话:一个能听清浮萍的声音的人。

望着水一样清澈的你,谁能相信你竟是一位身患绝症的女孩。

其实,你就是一粒浮萍啊,一粒嫩绿的浮萍!

你虽然已走了,走入时间的另一面,可那翠绿的声音现在仍在我生命深处叽叽喳喳地、咭咭咯咯地笑呢。它很圆,很亮,很清明。

给心灵搭桥

在我上小学三年级的时候,他教我们。他是一个民办教师,叫什么,已经忘记了。只记得他姓李,大家都喊他李老师。

现在回忆起来,还记得他那双近视眼,老在眼镜后眯眯地笑;光头,发根已花白。

他有一个习惯,自习时,总爱在教室里慢慢地踱,踱到谁跟前,看到你冥思苦想,就会俯下身子,轻轻地问:"有疑难吗?做得出来吗?"一般情况下,同学们总会摇摇头,接着点点头。

这时,他就会直起身子,扶扶眼镜,口中吟道:"勤学苦思,学而不厌,孺子可教也。"他说的次数多了,以至于班上每一个学生都学会了。因而,在他又一次询问学生后,还不等扶眼镜,就有学生调皮地接口说:"勤学苦思,学而不厌,孺子可教也。"

"哄"的一声,同学们都笑了。

他也忍俊不禁,笑了;但马上又停住,说声"牙尖嘴快",摇摇头,又突然笑了。

那时的我们特别亲近他,爱围着他转,一个个几乎都成了他的小尾巴。

我们校门前有一条河,河水清凌凌的,如一匹缎子。一到饭后,他总爱带着我们到河边玩。白亮亮的水面飘洒着我们清亮的笑声,舒畅极了。也就在那时,我学会了游泳。

到了春季,他不知从哪儿折来一些柳条,让我们沿河插上,说过几年后好乘凉,也好看。前几年我回了一趟母校,那树已如饭钵粗,柳丝飘扬,荫浓一片。一群天真的孩子在树下打闹着,笑声朗朗,一如当年的我们。可当年那个引导孩子们插树的人呢,如今又在哪儿?让人想起,无限惆怅。

到了夏天的午后,他就引我们到河里捉鱼。他将捉到的鱼用柳条穿成一串,递给我们,总是说:"拿回家让你妈给做着吃。看你,可怜的,都瘦成黄豆芽了。"

拿回去的鱼,炸好后,做母亲的总会挑一些出来,用荷叶包着,让孩子送给老师尝鲜。

每当这时,李老师总会打开荷叶,拿出一条鱼放进嘴里,眯着眼,细细地嚼着,连一点鱼刺都没吐。看着老师回味无穷的样子,我们就笑了。

"笑什么?"老师睁开眼,舔着手指问。

"老师吃相真馋。"

老师也笑了,说:"这些孩子,哪有这样说老师的!"

其余的鱼,老师不吃,全分给了睁着眼骨碌碌望着的学生。那年月,能尝到一点鱼腥味,实在是一种出乎意料的享受。

当时,我们那一级学生大都在河那边住,河上没桥,只放着几块石头。因此,每次水涨之后,石头被冲走了,他就一定会撸起裤腿,下河捞石搭桥,这几成常例。一次搬石,他踩在青苔上一滑,跌了一跤,眼镜掉在地上,断了一只镜腿。无法,只好找了根线绑在头上。这以后,李老师的眼镜就一直这样绑着。那时太穷,谁有闲钱修眼镜。

石头放在水里相当不稳,李老师不知又从哪儿弄来一些蛇皮袋子,装上沙,牢牢扎住口,放在水里,既牢实,又安全,很受我们欢迎。后来才知道,那些蛇皮袋子是他给人家供销社背了半下午的水泥换来的。

上三年级的那年,有人反映说他是地主出身,不能教农民的子弟,会带坏了孩子,让支书的儿子代替了他那份工作。在一个雨雾蒙眬的早晨,他戴着那副断腿的眼镜,背着被子,在我们的目送下,默默地走出校门,踏过他垒的桥,悄悄地走了。

这以后,我就再也没见到过他,也没听到过他的任何消息。到现在,几十年过去了,不知他是否还在人世,不知他是否还会时时想起那条清澈的小河,以及河边那无邪的笑声。重回小河边,当年他垒的那座桥早已被水冲毁了。可他不知道,他已在学生的心中搭了一座桥,一座通向美丽、善良、人性的桥,那座桥是永远也不会倒的。

爱心如露

"每一棵草都有一颗露珠。"母亲说时,一脸慈祥,坐在屋檐下晒太阳,怀里卧着的大花猫,不停地洗着脸。

这句话,是母亲的口头禅,大意是,一切生命都有活的权利,都有享受生命的喜怒哀乐的权利。

话很土,却很有哲理。

母亲身体力行地注释着这句话,她爱养小猫小狗什么的。平时,她在前面走,后面,小鸡小狗,跟上一群,很热闹。

母亲喂了一头小猪,每日吃饭前,总要先喂这只小猪。一次,小猪病了,母亲竟将自己舍不得喝的奶粉冲成水,抱住小猪,一匙一匙地往嘴里喂,跟对待自己的小孙孙一样上心。

那头小猪也很恋母亲,紧紧跟着母亲进进出出,一会儿也不离开。母亲如果到哪儿去了一天半天,小猪就死命地叫着,一听到母亲的声音,就高兴地撒欢。

可不久,由于疫情,这头小猪病死了,母亲竟伤心地哭了。

母亲驯养小生命,功利成分极小,纯粹是出于一种仁爱,一种对弱小生命的呵护。孵养小鸡,是她每年必不可少的一项工作。

一到二三月间,孵化春小鸡的时候,母亲总会选只老母鸡,放上十几个蛋。这以后,她每天都会到鸡窝前看一会儿,翻捡一会儿鸡蛋。如果母鸡孵的时间长了,母亲就会将鸡蛋一个个拾起,用棉花包着,让母鸡歇息一会儿。

当第一只小鸡啄破蛋壳,吐出第一声清亮稚嫩的叫声时,是母亲最忙,也最高兴的时候。她总是满脸微笑,给那些啄破蛋壳还没有脱身的小鸡喂唾沫,或者拿起还没有动静的鸡蛋,放在耳边,细细地听着。小鸡们嫩黄的小嘴不停地呷着,叫着,清亮亮的生命流淌一屋子,也流淌进母亲的心中。她的脸上,荡漾着圣洁的慈祥。

小鸡出壳之后,头几天,母亲喂它们芝麻。这些芝麻,是母亲从来舍不得吃的。

小鸡们很顽皮,整天扭动着圆滚滚的身子,呷着嫩黄的小嘴,围着母亲又叫又跳,抢着她碗中的饭粒。

母亲笑笑,把碗中的饭粒倒一些在地上,看它们抢食。那时,母亲会坐在旁边,笑着,看着。用我父亲的话说:"你妈把这群小鸡惯坏了。"说时,一脸无奈地苦笑。

雨后初晴,一只只小鸡从外面回来,脚趾上总会沾满泥巴。时间一长,这些泥巴就会变成一个个小小的泥丸,套在小鸡的脚趾上。小鸡们一跑起来,就跌跌撞撞的。

这时,母亲下田回来,没事时,会逮住这些小鸡,一只只用水泡湿它们脚上的泥丸,扔掉。母亲做时,仔细,认真,仿佛绣花一样细致。她说:"小鸡脚嫩,不这样,会疼的。"

母亲不单自己热爱小生命,也不断引导我热爱生命。

我们那儿有一种虫,叫花大姐,胖胖的,蓝翅红花,很好看,可飞不高,也飞不远。我小时特爱捉这种虫玩。一旦抓住,玩腻了,就弄死。

母亲批评了我几次,见说不听,就教我儿歌:"花大姐,好漂亮,给我娃儿做新娘。"然后问我:"花大姐美不美?"

我说美。

母亲问,给你做媳妇好不好?我说好。

母亲说,那可千万不要再抓那虫了,不然,它就不愿意做你的媳妇了。

一句话,哄住了我。几十年过去了,现在,每次回到家乡,看见这美丽的虫儿在草间飞翔,轻俏美丽的样子,就想起母亲给我童年所唱的儿歌和所说的话,忍俊不禁。

谢谢母亲,她以她的一颗仁慈的心,润染了我的童心,并让这颗善良心保存到现在,从没被世俗的尘渣所污染,从没有因为功利的驱使而轻视过生命。

母亲的心是一颗露珠,我是露珠下的一棵小草。

心灵的城防

他说,那些年,他最发愁的,是招聘。

他所在的这所学校是一所普中,当时教学质量不好,生源也不行。相应的,福利也就不值得一提。于是,一点死工资,一群唉声叹气的人,个个奄拉

着脑袋,上罢课,下来泡一杯茶,把一个个日子无情无趣地打发掉。

但不知从什么时候起,这种静被打破了,如一枚石子扔进深潭中,泛起波纹。

开始,是一个人开溜。接着,两个、三个——

开溜的原因很简单,由于重点中学招聘。

因为是重点学校,相应的教学资源、生源都比普中好得多,水涨船高,福利也就随之要好得多。据知道内幕的人吐露,只福利一项,就超过了年工资总额。尤其后来升为省重点中学,收费增加一倍,教师的福利更比过去可观得多。

这让普中的教师眼睛发红,一个个都削尖了脑袋向里钻。

他也不能免俗,加入了应聘的队伍中,而且信心十足:在本县,他想,自己大小也是个文化名人,又是县政协委员。谁一见,还不竖起拇指,恭维一句。

他去了,乘兴而去,败兴而归:没有被招聘上。

那年,他所在的学校参加应聘的五人,被招走了四人,单单留下他。他很沮丧,也很惭愧。有一段时间,他仿佛做了贼似的,不敢见人。甚至有一种负罪感,觉得自己的能力带高中课程简直是耽搁了学生。

这种负罪感,最终被一位应聘上了的朋友给开释了。

朋友笑着在电话里说:"书呆子,你怎么会有那种奇怪的想法呢?"

他很落寞,说,招聘的结果就说明了一切。

朋友大笑,告诉他,一切都是假的,包括文化、才能,只有财才是真的。朋友把"财"字咬得很重:"你去问问,哪个调动的人没有花钱?"

一句话,搬走了他心中那块沉重的石头。让他感到风清云白、鸟语花香。

可是,接下来的招聘,对他来说,更变得苦恼不堪。每次招聘的时间,妻子都会强迫他去,并让他带上钱。无奈,两次,他带着钱去,可两次,他都落聘了。

因为,他带着钱去,又带着钱回来了。他对我们说:"我也知道送钱就行,也愿意送钱,可是把钱拿去,却无论如何难以掏出来。"

然后,他解释似的说:"一个人,总要有一个心灵的底线。如果教师都不能坚守做人清白这个心灵底线,那么,这个社会将会成为什么样子呢?"

他坚决拒绝了妻子再一次让他去应聘的要求,安下心来,认真地带着自己的班,教着自己的书;闲下来,就写写文章,或者游山玩水,把小日子过得很诗意,也很滋润,再也没有了过去的烦恼。给我们当班主任的日子里,每当我们被外界因素所引诱,难以安心学习时,他就会以自己的招聘经历为例,教育我们:"有时,我们无法改变环境,但是我们可以改变自己浮躁的心态。"说时,气定神闲,坚如磐石。

那一学年的高考,我们班的成绩特别好,本科录取率竟达到80%,打破了本校高考历史纪录。

离开他已经有几年了,可一直我都学习着他设身处世的原则:保持心灵的底线,同时,在难以改变大环境的时候,学着改变自己的心态。

爱吃野菜的庄老师

他是我们学校老师,没教我,教我弟弟。

弟弟回来,就叽叽喳喳地谈他,说我们的庄老师会写文章呢,而且,有文章经常在报刊上发表。说他上课还读。然后,弟弟就学着他的样子,摇头晃脑,读罢,一脸阳光。看得出,弟弟很敬佩自己的老师。

一次,对着家里鸟笼子中的两只鸟,我和妹妹相互谈论着。我说,那只绿鹦鹉叫声好听,脆脆的。妹妹却不,说那只大红鹦鹉叫声更好。

弟弟在旁边,一句话不说。

为了寻找帮手,我们都让弟弟发表意见。

弟弟背着手,小大人一样,很庄重地说:"都好听,都好听。"

气得我们都说弟弟是个骑墙派,两不得罪。

弟弟很委屈,转身告诉我们:"我们语文老师说过,每一个生命都有感觉,都好面子。"然后,望望我们,像个老师一样批评我们,"你们当面说鸟儿的坏话,它们会伤心的。"

一句话,让爸爸很是赞叹:"这个庄老师,真了不起。"

庄老师,就是弟弟的语文老师。

由于课教得好,一年后,庄老师做了毕业班的班主任,教我们,并兼任我们的语文课。为此,弟弟垂头丧气了好几天。

庄老师的课,确实不同于一般人的。

上课,他爱提问,并且鼓励学生自主回答,谈出自己心里的想法。"说吧,语文答案,你可以按自己所想回答。"

学生回答时,他不说对,也不说错,只是笑笑地把自己的答案说出,并说明自己为什么要这样想。说完自己的答案后,他有一句口头禅:"这是我个人的答案,大家觉得怎么样?"

一般情况下,大家说好。

有时,也有同学不同意,他会鼓励,让不同意的学生谈谈自己的看法。

当然,我们有时也会开他的玩笑,故意说不对,他是知道的,笑笑地说:"小样儿的。"

他爱吃山里的野菜,为此专门对班里的韦小燕说:"能不能弄点野菜,一斤两元钱。"

野菜,在我们那儿满山遍野都是。

韦小燕高兴地答应了,这让我们很羡慕。

以后,韦小燕每天都拿一些野菜来,苋菜、蒲公英、米米蒿,干干净净的。

庄老师都收下,并把账算得清清楚楚的,找了钱。

有的同学也采一些,让城里来的庄老师尝尝鲜。第一次,庄老师收下了。再送,庄老师退了回来,笑着说:"韦小燕同学送的够了。"

时间长了,大家才知道,庄老师只要韦小燕的。

一天,是晚上,庄师母到我们家里来坐,因为她和我妈是同事,又是朋友。她手里提一个袋,里面是各种野菜,有羊齿菜、苋菜、米米蒿。

"很好吃的,用水一捞,拌上盐,下饭,很好吃的。"庄师母放下篮子,笑着对妈妈说。

"给庄老师留着吧,他爱吃,才买的。"妈妈客气着。

"还多呢,他也不太吃这个。"说到庄老师,庄师母笑了,看到我妈妈满脸疑惑,庄师母解释,听说那孩子没有了母亲,雅文就想送点钱,可又怕伤了孩子自尊,所以,就想了这招。"雅文说,山里野菜容易寻。再说,也能保护孩子的自尊,锻炼她的劳动能力。"庄师母笑道,她所说的雅文,就是我们班主任的名字。

妈妈说什么,我没有听见。

我陷入了深深思索中,日常里,我们都不缺乏同情心,但是大都缺乏对被同情者的理解。世间最伟大的同情,是给予的同时而不伤害对方的自尊。

这,是一种细腻而伟大的美。

第 二 辑

那个月光明亮的夜晚

给自信竖个牌子 / 那个月光明亮的夜晚 / 蜜蜂的疑惑 / 喜羊羊的惊险经历 / 一只想飞的小鸡 / 小草的心 / 卖瓜 / 回赠春天

给自信竖个牌子

我读小学是在乡下。那儿山环水绕,绿树成荫,很美。我们的学校,在一个小山脚下,绿树一拢,一个小小的院子。里面几间教室,四个老师,一群学生,就是一个热热闹闹的小天地。

教我们的是吴老师,也是我们村小的校长,四十多岁了,梳着大背头,见到我们,笑眯眯的,摸着我们的头问:"冷吗?"

我们摇头。他就会笑,很放心的样子。

校园里有一块草坪,一到春天,草儿从地下钻出来,嫩嫩的,绿绿的,在阳光下,清新得如水洗过一样。尤其早晨,每一茎草上挂一颗露珠,亮晶晶的,在阳光下反射着七彩光线,一闪一闪的,像一个个刚哭过鼻子的娃娃。

我们每天背着书包从草坪走过,静悄悄的,绝不打扰它们。因为草地旁边,竖了个牌子,上面写着"小草在睡觉,请你静悄悄"。字,非常工整,是吴老师写的。

我们喜欢吴老师,喜欢吴老师的字,更听吴老师的话。吴老师说,草儿有生命呢,你们细细地听,能听到那呢喃的声音。

我们就细细地听,虽然没有听到那声音,可我们相信,吴老师说得没错,草儿有着生命。到我们有吴老师那么多的学问时,就能听青草儿的声音了。

因为,吴老师说过,草儿也喜欢有学问的人。

花儿开了,红红紫紫的,一片生机。吴老师会在花丛旁边插个牌子,上面写"花儿对你笑,请你绕一绕"。我们见了,都绕着花儿走,生怕一不小心,会踩着这一地的笑容。

当然,天旱了,我们也会给花儿浇水。因为,吴老师也这么做啊。

吴老师对花草细心,对我们更细心。他说,你们也是小花小草啊,更要精心,稍不注意,就会折了倒了,就会害了你们一辈子。然后,他抬起头,皱起眉头,自言自语:"种坏庄稼一季子,耽搁学生一辈子。"说时,语气很沉重。

一次,是我们的自然课,那个年轻的自然老师给生物下定义:"这么说吧,地上走的,天上飞的,都是生物。"

吴老师听了,很生气,敲门,说:"小伙子,你出来一下,我问你话。"

自然老师不知什么事,忙出来。吴老师红着脸问:"地上走的汽车,天上飞的飞机,都是生物吗?"一句话,让自然老师哑口无言。

记得最清楚的,是那次考试时发生的事。

那是全乡组织的会考,要评比的。当时,吴老师也被抽去监考,监的又恰巧是我所在的考场。考试的第二场是数学,我最害怕的课程,也是他带的科目。我想,还是带上夹带吧,他带的课程,总不会抓我的。

考试时,果然有夹带上的题,我心里"怦怦"跳,瞅人不注意,忙拿出夹带。就在我刚抄下几个数字时,吴老师从旁边经过,若无其事地把手放在我桌上,扔下一个纸团;然后,又若无其事地走了。

我心里一跳,一个念头闪出来:答案,老师给的答案。

我忙打开纸团,没有答案,上面只有一行字:不要那样,要相信自己的能力,你行的。

我脸上火辣辣的,忙将纸团和答案揉在一起,放进了衣兜,认真地做起题来。我想,我要认真,不能让吴老师失望。

考试结束,我的数学考得不好也不坏,其他课程很好,因而,在全乡总分中名列第二。吴老师所带的数学,也在全乡处于前列,我们都受了奖。不久,吴老师被人举报,说他在考场上给学生传送答案。而且,消息迅即传遍了全乡所有的学校。

但是,听别的老师说,吴老师从没有申辩,只是默默地承受着。

只有一次,他把我叫到办公室,拍着我的肩膀说:"好好学,我知道,你是凭能力考的。"说得我的心中热乎乎的,同时又夹杂着惭愧。

一学年后,吴老师被调到了一个边远的初小,作为对他的惩罚。他仍然默默地,没有申辩。我知道,始终,吴老师都不想让别人知道考场上发生的那件事。他细心地呵护着我,如同呵护那嫩嫩的小草。

有时我想,如果我也是一棵小草,他会在我身边竖个牌子吗?会的,一定会的。而且,牌子上一定会写上:"找回自信,走向成功。"可是,我毕竟不是小草,他也不会插这个牌子。可我已经代替他在我的心中竖起了这面牌子,一直竖到永远,永远……

那个月光明亮的夜晚

那个夜晚,月光很亮,天也一定很冷,因为是冬月,风,干冷干冷地刮着。

父亲说,他在外面转了一天,没有借到一颗粮,回来了,没办法回家,没办法面对一群饥饿的孩子,还有满怀期望的母亲。

父亲就躲在房后的窗户后,隔着小小的窗子,向里面望着。灶房里是一盏煤油灯,昏暗的灯光下,四个孩子围在灶台旁,大眼骨碌地望着锅里,满眼都是渴望。

小妹早已熬不住了,哭着,喊:"我要吃你(米),我要吃。"那时,她才两岁,口齿不清。

母亲哄:"等一会儿,等你爹回来一起吃。"

小妹不,狠狠地哭。已经快一天没吃饭了,我们都饿得没有了一丝力气。母亲叹口气,拿一个小碗,打开锅,舀一勺,倒在碗里,说是米,其实是米汤,可清得和水差不多。然后,母亲盖上锅盖,也遮断了我们饥饿的目光。

父亲知道,锅里煮的,是家里仅有的半碗米。

母亲拿勺给小妹喂米汤,我们三个大一点的孩子围在碗旁,哼哼唧唧的。趁母亲不注意,我飞速地伸出手指,在碗里蘸了一下米汤,放进嘴里,狠狠地咂着。

母亲的泪水流了下来,一滴一滴,顺着脸颊,一直流到下巴上,再滴到衣服上。

父亲说,他在窗外,也泪水长流。

那夜,他没有回家,向百里外的山里走去。那时的山里人家,反而比山外的富裕,有一点儿余粮。第二天下午,父亲回来时,高高兴兴地扛了一袋玉米,如一位拾到元宝的叫花子。

而家里,我们已经饿软了,两天一夜,我们五口人靠半碗米熬了过来。多年后,在饭桌上,每当吃饭的时候,父亲总会说这件事。据父亲说,当时,他有一个想法,再借不到粮就不回来,干脆死了算了,眼不见心不烦。

父亲一生,最见不得人作践粮食。后来,土地到户,粮食充足了,我们挑起食来,尤其我,这也不愿吃,那也不爱吃。父亲瞪着眼:"忘记过去蘸米汤吃了。才吃饱了几天肚子?"

一句话,让我红了脸,乖乖地吃起了饭。

随着时间的推移,父亲的那个故事没人爱听了。特别是小妹,说父亲:"过去了就过去了,就不要说了吧,让人怪难受的。"

我们忙应和:"就是的,就是的。"

一句话,说得父亲哑然,只有吸烟,长长叹一声:"这些孩子啊,咋能好了伤疤忘了痛呢?才几年的事啊?"

正是由于这种原因,家里的剩饭剩菜绝不能倒,如果让父亲看见了,会喊住:"放在那儿,你们吃不得,我吃。"

我们无奈,只有留着,或者趁他不注意,倒掉。

到我的儿子刚能懂事,父亲的故事就又有了市场。没事时,他常把小孙孙抱在怀里,孩子吃饼干、喝酸奶什么的,父亲就长叹:"你这小家伙,命好,出生在这时候,不像你的爸爸和姑姑。"说时,一脸阳光,一脸满足。

有时,父亲会对着孩子讲那个百讲不厌的故事:白白的月光,干冷的风,还有灶房的一盏灯,灯下四个饥肠辘辘的孩子。

一次,正讲得起劲,小家伙停止了吃面包,眼睛骨碌碌转,问:"爷爷,他们怎么不吃面包?"

一句天真的话,惹得我们哈哈大笑,笑过之后,都不说话,沉默了起来。

事后,我想,父亲是对的,才多少年啊,我们得到了我们梦里都不敢想的东西,同时,我们也丢失了很多。

感谢父亲,让我永远记住了那个夜晚,还有那夜明亮的月光,干冷的风,和一圈充满饥饿的眼睛。

蜜蜂的疑惑

天气很好,空气水洗过一样,一尘不染。田野里,花儿盛开,星星点点的,把田野装扮得诗画一样,很好看。

田野的中间,是一栋新的房子,红瓦白墙,窗明几净。

房子内,关进了三只蜜蜂,三只机灵而又充满了生机的蜜蜂。它们嗡嗡着,商量着,准备飞出去。

"外面多好啊!那边,花儿红的如火,白的如雪,在花丛中戏耍,一定是很好。"第一只蜜蜂说,它振动着翅膀朝外面飞去,"叮"的一声,落在地下,头昏眼花。

原来,它撞在了洁净的玻璃上。

"我一定要出去,我爱花儿,爱春风。"它挣扎着,又一次振动翅膀,向前冲去。又一次,它落在地上,由于冲击力量大,它受到的反弹力度更大。

第二只吓坏了,大声阻止:"不要那样,你会死去的。"可是第一只仍无动于衷,向前冲击。随着时间的推移,它的力量在减弱,最终,落在地上,咽了气。临死前,它喃喃道:"我爱远方,爱那儿的花儿,春风。"

第二只哽咽着,望着同伴的尸体,它觉得它太笨了,最正确的方法,就是待在房内,不要出去。于是,它悲伤地唱着哀歌,悼念着同伴,也悼念着自己将逝的生命。

第三只小心地试探着,它知道,第一只同伴那种做法不正确,第二只同伴那种做法也不正确。它小心翼翼地飞翔着,轻轻地触碰着窗玻璃。他相信,总有一条路,能够通向外面,通向红花绿草的地方。

第二天,当它精疲力竭时,突然,它惊喜地发现,它的翅膀没有触着那冰冷而坚固的东西。那儿,有一段空隙,它回过头,准备呼唤同伴离去时,才发现,同伴已经在忧伤中奄奄一息了。

第一只蜜蜂的悲剧告诉我们,人只注重理想,而不顾眼前实际,是必将失败的。

第二只蜜蜂的悲剧告诉我们,人只注重眼前的事情,而没有理想,也是不行。

既着眼于眼前实际,又放眼于远大理想,才能取得成功。这,是第三只蜜蜂告诉我们的道理。

喜羊羊的惊险经历

喜羊羊最近成了名人,不说别的,只给粉丝签名,就用坏了三千支笔。这让喜羊羊好不得意,进进出出都唱着自编的歌:"喜羊羊,灰太狼,看我们谁的人气旺。"

喜羊羊的出名,一方面,当然是由于那个大家都爱看的动画片造成的,另一方面,是由于最近发生了一件轰动动物界的大事:一群羊,竟然打败了一只鬣狗。

羊打败鬣狗,据熊爷爷翻遍了五大本《动物史》,愣是没有过一次这样的记录。

但是有一点让喜羊羊不舒服,这次打败鬣狗的羊群带头队长,竟然不是自己,却是灰太狼。那天,他们一队名人出门,准备到山里游览,同时做做绿化宣传。喜羊羊想当队长,可是不知怎么的,狮大王下发文件,让灰太狼带队,八只小羊,都是喜羊羊的亲戚,再加上喜羊羊。

喜羊羊很不高兴,发了很大的火,准备不去。

喜羊羊是名人啊,不去,这次旅游失去了绿化宣传的效果。没办法,狮大王让了步,做出庄严承诺:"喜羊羊先生,这次,请支持一下灰太狼先生的工作吧,下一次,我们准备旅游宣传时,将以灰太狼和他的八个亲戚为队员,到时你做队长,行吗?"

喜羊羊虽然不太高兴,但想想,还有机会,就答应了。

旅游团在灰太狼的带领下,向绿树成荫的山里走去。这儿,景色很美,有碧绿的树叶,有鲜艳的花儿,有白亮的溪水,有柔嫩的草儿。还有蝴蝶在翩翩地飞着,做出各种优美的姿态。

大家玩得很高兴,又笑又跳又叫。

就在这时,一只鬣狗悄悄靠过来,口水拉得老长,向洁白的喜羊羊突然扑去,边扑边哈哈笑道:"我认识你,你是名人喜羊羊,吃了你,我也成了名鬣狗了。"

喜洋洋吓傻了,站在那儿呆呆的,忘记了躲避。

灰太狼见了,急了,吼一声:"不要伤害我的朋友。"说完,扑了过去,一口咬住鬣狗的尾巴。鬣狗一疼,一跳,带着灰太狼翻了个跟斗。

灰太狼咬住鬣狗的尾巴,仍死死不放。

所有的羊,包括喜羊羊,开始都吓得"咩咩"哭,浑身打战,等看到灰太狼扑向鬣狗时,一个个忘记了哭泣,睁大眼睛,不相信地望着。

灰太狼仍和鬣狗搏斗着,身上受了伤,也不后退。

这九只羊感到鬣狗并不怎么可怕,他们互相望了望,喊一声"一、二、三",一起低下头,竖起头上的犄角,向鬣狗冲去。鬣狗正在和灰太狼搏斗,突然感到身上如中了十八支箭一样,十分疼痛,回头一看,那九只羊又一次低着头冲过来。鬣狗吓了一跳,忍住疼,一跃,跑了,心里暗暗纳闷,这些羊,家族成员成了明星,胆儿也大了,看来以后惹谁也别惹喜羊羊的亲戚了。而且,他觉得,应当离这些家伙越远越好,这个消息也要隐瞒着,不然,传出去,以后可能连小兔都可以找上门来揍自己报仇了。

鬣狗很羞愧地跑了,再没有回到树林,而是去做了一个可怜的流浪汉。

灰太狼和喜羊羊们打败了鬣狗的消息,一下轰动了动物界。

记者乌鸦、播音员喜鹊都来采访他们,尤其是灰太狼,还上了动物电视台的"名人频道"栏目,这让喜羊羊很不高兴,以至于他连自己编的那支歌也不唱了。

他想,哼,那天要是自己带队,鬣狗说不定都会被他们打死,还是怪灰太狼小胆。

甚至,他都有些对狮王不满起来。

好在,不久,狮王兑现了诺言,让他带着灰太狼,还有灰太狼的八个兄弟一块儿去旅游。喜羊羊很高兴,走在最前面,边走边唱:"喜羊羊,灰太狼,看我们谁更人气旺。"

他从心里希望,那只鬣狗再一次出现。

他已经告诉了记者乌鸦,还有播音员花喜鹊,他一回来,请他们来采访自己,给他照一张大大的照片,并到处张贴。他相信,这样的话,自己还会狠狠火一把。

喜羊羊带着大家,在山里连续转了三天,也没遇见那只可怜的鬣狗,这让喜羊羊很失望。

第四天,他带队往深林里钻,他不信找不到那只鬣狗。那天,天快黑了,他还不愿意宿营,走在最前面,刚扒开一丛树,里面传来"哼哼"一声叫。

他很高兴,以为是那只鬣狗呢,可是抬头一看,眼前是一双红红的眼睛瞪着他。

"妈呀,妖怪啊,魔鬼啊。"喜羊羊一声大叫,转身就跑。

"怎么啦,喜羊羊?"灰太狼问。

"魔鬼,红眼睛,快跑。"喜羊羊说完,跑得没了影子。

几只狼一听,冷汗出来了,跟着没命地跑,可跑到山下,排队一数,见少了灰太狼。大家急了,怕灰太狼被魔鬼吃了,喜羊羊忙打通狮王的手机,请求赶快派来大队人马,营救灰太狼。

狮王不一会儿带着一群动物,带着手电筒来了,沿着来路,大家找到躲藏魔鬼的地方。灯光下,看见灰太狼与一只鸟对望着。灭了灯,只见那鸟的眼睛红红的,如两盏灯。

那鸟,是猫头鹰。

喜羊羊见了,红了脸,低下了头。

一只想飞的小鸡

从破壳那刻起,我就知道自己是鸡,一只将要在草堆里生活一辈子的鸡。每天,我们兄妹跟着妈妈一块儿,滚动着绒球一样的身子,唱着歌,迈着八字步,向我们的乐园——大草场走去。

"孩子们,跟紧点,拿出精神来,让那些姑姑叔叔们看看,你们是好样的。"

就在走进草场的那刻,一个长长的影子划过天空,如瓦蓝的天空斜过一道闪电,从天的这头划向那头,消失在苍穹里。

"妈妈,快瞧那只鸡,他飞得好快,好威风哦!"我张着嫩黄的小嘴,对妈妈说。

"那不是鸡,是鹰,鸟儿的王,天空的骄傲。"妈妈说,"好了,别东张西望了,你,小点点,跟上。"妈妈对着我喊。

鹰!第一次,我的心里飘过一个矫健的影子。

"为什么我们不能像鹰一样翱翔呢?"我问妈妈。

"傻孩子,你一定是中了魔了,怎么会产生这种疯狂的想法。鸡,就是鸡,怎么会变成鹰呢?"妈妈很惊诧,由于已经到了鸡群中,为我的这个幼稚的问题很感失面子,红了脸。

鸡们听了,也都发出怪异的笑声。其中那只年龄最长的,长着大红冠子的长辈听到后,惊诧极了,以一个智者的身份踱过来,教训我道:"傻小子,你简直长着一副怪脑子——该不是进水了吧?

哥哥姐姐们也都笑话我,说我是只弱智鸡,不再和我一块儿玩,怕被我的傻气感染。而且说,那种傻气比禽流感还严重。

我不理会他们的嘲笑,依旧长时间地望着天空。一只鹰,在我的心中已渐渐羽翼丰满了。

终于有一天,趁主人打开笼子,我逃了出去,离开家和亲人,拍打着翅膀,逃进深山。

当我在山林里行走时,突然,听到后面传来阴沉的笑声,回过头,一只黄鼠狼紧紧跟了上来。见我发现了他,他作势就要扑上来,说:"你这小家伙,你过去不是依靠猎犬来欺负我们吗?今天,你也会落到我的手中。我要把你带回去,给我的孩子们做清炖烧鸡。"

我急忙向前跑去。后面,贪婪和死亡如影子一样追了上来,越追越近,我甚至能感觉到黄鼠狼喘息的热气一团团扑到我身上。

在这生死存亡的一刹那,我竭尽自己所能,伸展开柔弱的双翅,学着鹰的样子,向上腾飞。双翅托着我,缓缓而起,当然没有鹰高,可我仍然落在一个树杈上,躲过黄鼠狼的致命一击。

那只凶狠的黄鼠狼抬起头,望着到嘴的食物落了空,很失望,说:"小东西,今天,你不让我吃掉;明天,你也会填进不知哪只狼或者狐狸的肚子里。——下来吧,让我们好好谈谈。其实,我并不是太凶恶的,可以说,我还是你的朋友呢。"

我当然不会下来。那只黄鼠狼不甘心地在树下绕了三四一十二圈,无奈地离开了。

果然,这以后,我遇到过凶恶的大灰狼,狡猾的狐狸。然而,我都凭借着双翅躲过了灾难。

随着日子一天天推移,经过风雨的磨砺,时间的锻炼,我的双翼一天天变得坚实而丰满,翅膀一展,充满力量。

我的羽毛已失去了过去好看的颜色,变得很乱。

不知道过去多长时间,我的身上,在锻炼和飞翔时留下的伤口好了又有了,有了又好了。当又一个早晨到来时,我登上这里最高的高峰,朝阳抚摸在身上,温馨如妈妈的手。我的心里,充满了渴望和力量。

我望着那轮朝阳,使劲地扑向前去,当双脚离开岩石的一刹那间,尽力地拍打着翅膀——

终于,我飞离了山崖,飞向了高空,而不是往日的树枝。高山,就在我的脚下;白云,擦着我的双翅。风,好大的风,扶着我的翅膀,在天空飞舞,如一只鹰一般。

一只小鹰弟弟正在他妈妈的教导下学飞,看见我,他惊奇地喊:"妈妈,妈妈,你看,那位哥哥多好看哪,他的羽毛真漂亮啊。"鹰妈妈朝我仔细地望了又望,说:"孩子,那是一位坚强的哥哥,他是鸡,不是鹰,可他比鹰还坚强,你要向他学习哦。"

"哥哥,鸡哥哥,你能教我学飞吗?"小鹰抬起头,张着小小的翅膀问。

"好啊,小弟弟,来吧,学着我的样子,你就会飞上蓝天。"我笑了,带着小鹰,在空中飞着。天空,回荡着我们的笑声,真好听。

小草的心

山崖上,有两株草芽,刚刚冒出贫瘠的土面,嫩嫩的,怯怯的,如大地的眼睛。

"哇,多美啊!"那棵小一点的草芽喊,声音脆脆的,鲜鲜的,透露出一种惊喜和好奇。

"什么啊？大惊小怪的。"另一棵大一点的草芽儿说，无精打采的。是啊，任谁出生在这样的地方，冰天雪地的，也高兴不起来。

寒冷过后，就是春天。春风温柔地拂过，母亲一般慈爱。小草们在春风的抚摸下，一个个伸伸腰，挺挺身子，愉快地生长着，只有那株大一点的草芽儿例外。

"姐姐，我们赶快长吧，长成了大树，就能看外面的风景了。"小一点的草芽儿说。

春风笑了，拂拂小草儿道："孩子，你不是树，也不会长成大树的。"

大一点的草芽儿白了小草芽儿一眼，说："知道自己是什么了吧？别高兴得忘乎所以。"

"那，我们究竟是什么啊？"小草芽儿急了，问。

"快快地长吧，长大了你就知道啦。"春风鼓励着，拖着长长的裙裾飘过。她飘过的地方，山青了，水绿了，所有的草儿都舒展开腰肢，在旷野里比赛似的疯长。可是，她们不知道，在高高的崖顶，有她们的一对姐妹，正在艰难地生长着。

大一点的草芽儿，叫小草姐姐。小一点的呢，叫小草妹妹。

随着时间推移，小草妹妹越来越茁壮，慢慢地超过了小草姐姐。在阳光下，她很绿，绿得如同一块翡翠，一闪一闪的。

小草姐姐却黄瘦黄瘦的，整天睡眼蒙眬。

她们的根扎到了石头上了，小草妹妹咬紧牙，忍着疼痛，把根深深地扎进石缝中。小草姐姐才不呢，那该多痛苦啊。

土地干得起了火，小草妹妹使足劲，把根深深地探进土壤深处，吸取着水分。小草姐姐懒得这样，她正在做着清凉的梦。

小草妹妹更加青翠，小草姐姐更加瘦弱。

当每一个早晨到来的时候，小草妹妹都会把自己的露珠倾洒在小草姐姐的身上，帮助小草姐姐渡过难关。当每一个上午到来时，小草妹妹都会给小草姐姐扯一片阴凉,为她遮阴。

可是,小草姐姐仍然那样,病恹恹的。

"姐姐,抬起头,打起精神来!"小草妹妹给小草姐姐大声加油。

小草姐姐依然处于睡眼蒙眬中。

"姐姐,加油啊,千万不要睡着了。"小草妹妹喊,她知道,这样最危险:有很多草儿就是这样离开这个世界的。

小草姐姐说:"不要喊——不要——"

终于,在一天早晨,小草姐姐睡了过去,再也没有醒来。小草妹妹悲伤地洒下无数泪珠,心里非常难受,痛苦。她对着小草姐姐,从心里发誓:"姐姐,我一定要长大,知道我们是什么,然后,告诉你。"

风,抚干了小草妹妹的泪水,她变得更加坚强了。

在盛夏里,她在炽热与干旱中,竭尽全力地生长着,叶子变得长长的,抽出了秆子,绿玉一样;上面,鼓鼓胀胀地变大。不久,冒出一个穗子来,在盛夏的阳光下,逐渐变黄。

我究竟是什么啊?怎么一点儿也没有桃花、百合那么漂亮啊。小草妹妹想,很悲伤地低下了头。

"呀,麦穗,好大的麦穗啊。"一只鸟儿见了,非常高兴地叫道。

"真的,好大的麦穗,我们从没有见过。"几只鸟儿高兴地应和着。他们太饥饿了,征得小草妹妹的同意,便开始啄食起来。他们从心里感谢,是这棵麦子拯救了他们的生命。

鸟儿们吃饱了,唱着赞美诗,告别小草妹妹,愉快地飞走了。

小草妹妹的心,这一刻,也幸福得了不得。她抬起头,对着西天的晚霞喊:"姐姐,你知道吗?我们不是小草,是麦子。"

天空,在这一刻寂静极了,只有一个隐隐的声音在盘旋:"我们不是小草,不是小草,不是小草——"

卖 瓜

晚上,雾气不但没散下去,反而更浓了,而且雾气中弥漫着水意。一场暴雨,已洗去了空气中的高温,夜变得稍微凉爽了一点儿。

王才平的车,在路上奔驰着。

夜越来越黑,浓雾却不散,反而更厚了。车灯划过去,一片乳白,浓得化不开。他的心,很是担忧,这一车瓜,是自己刚刚从北边贩运过来的,想卖一点好价钱,再下一场雨,天一凉透,瓜价大跌,自己将血本无归。

家里,病中的妻子还等着这笔钱进医院呢。他得尽快把瓜送到目的地,按时交给订货的人,否则,烂在自己手里,就完了。

但是,雾很大,夜很黑,阻碍了视线,他的车不得不减速。就在这时,一辆车划开一道光,从身边飞奔而过,向前射去。

前面,哗哗的水声,遮盖了一切声音,包括车声。

他知道,那座长长的水泥大桥到了。

那辆车上了大桥,隐没在黑夜中,没有了动静。他努力地睁大眼,想看清那辆车的尾灯,可是没有,一点儿也没看不见。

不会是醉汉吧?他想。

也应该有喇叭声啊,他又想。他头上出汗了,一定是那个醉汉把车停在路上,自己醉倒了。

他忙缓缓停下车,下来,向前走去,想去看个究竟。

水就在面前,隔着雾气哗哗地吼着。借着车灯光,他走了几步,一下惊呆了:面前的桥早已断了,可能是这场暴雨给冲毁的。桥下,隐隐的,混浊的水牛一样地吼。

那辆车已不见了影子,看来连人带车掉下去,被水卷走了。

他掏出手机,准备报警。可是,自己手机竟没了电。

身后,远远射来汽车的灯光,又有车来了。

他急了,转过身,大吼着,停车啊,快停车。水声很大,淹没了他的声音。于是,他拼命地又跳又挥手,可黑夜遮没了一切。

车越来越近,他头上的汗滚滚而下。

突然,他灵机一动,一把脱下身上的衬衫,掏出打火机,一下子点燃衣服,在桥上挥舞起来。那边的汽车司机看见了,停了车。一辆车停下,两辆车停下,不一会儿,桥的这头与那头,车停成了一条长龙。

所有的人面对着那断桥,心悸之余,都感激不已,不停地说着感谢话。听说他为了拦车,自己的一车西瓜误了送货时间。大家一个个掏出钱,准备分摊了。

他笑笑,摇摇头。很简单,如果这样,他救人的动机就太下作了。他想。

他婉拒着说,他要送瓜去了,有一条简易公路通向订货的主家那儿,他和人家订货的有约,无论如何,今晚一定送到。

他的车在大家的一声声叮嘱中走了,第二天上午赶到交货处。可是,很不巧,当地当夜又下了一场大雨,天凉透了,没有几个人买瓜。

买主于是借口时间延误,不接受他的瓜。

他呆住了,这么多瓜,总不能烂在手中啊?还是自个卖吧,能卖几个是几个。他想。于是,他把车停在街道一个拐角处,挂起一个出售西瓜的纸牌。

本来,他抱着死马当作活马医的想法,谁知,纸牌挂出,不一会儿,买瓜人蜂拥而来。半个小时不到,一车瓜买完。

他很疑惑,天并不热,不是卖瓜的好时候啊。再说,旁边也有很多瓜摊啊,为什么大家都这么看好自己的瓜?

他扯住一个买瓜人,疑惑地问。

面对他的疑惑,那个买瓜人揭破谜底。原来,他站在水泥桥上拦车的事,当时就被一个人用手机拍摄了下来,并且连夜被贴在网上,还给取了个名字:为生命站岗。现在,大家都知道了。

"你救了那么多人,大家买几个瓜,应该的。"那人说。

他没说什么,那一刻,他感到很幸福,也很激动。

回赠春天

香港著名导演张鑫炎在做客中央电视台,回忆拍摄《黄河大侠》时,讲了一个故事。

1982年,张鑫炎带着摄制组来到陕北,当时正值冬季,陕北特冷。每天早起,地上都起着厚厚的冰,演员们身上拍戏时泼的水,不一会儿就结成了冰挂。

每天开拍时,四边都围着一些陕北的娃娃,在那儿吸溜着鼻子,瞧热闹。其中一个孩子,有四五岁的样子,头上剃着茶壶盖,很小,穿得也很破烂,天天都来看热闹,而且很认真。

大概是处于同情,也大概是处于喜爱,张导当时从身上掏出两角钱,交给孩子,说:"天冷,去买碗馄饨吃吧。"

孩子接过钱,望着张导,笑了,天真的眼睛里,满是感激。两角钱,现在提起来,不值得一说。可在1982年,在贫穷的陕北,对一个小小的孩子来说,它确实是一笔不小的收入,确确实实能买一碗馄饨,或者一碗别的东西,让贫穷的农家孩子解一下馋。

男孩拿着钱,高高兴兴地走了。

下午,他又来了,站在顺河风中,穿着破羊皮袄,有滋有味地看着拍戏。天快黑了,张导又一次从兜里掏出两角钱,递给小孩,说:"拿去吧,买一碗吃的。"

男孩接过钱,望望他,又一次满是感激地走了。

第二天一早,当他们来到拍摄地时,一地的冰霜中,男孩早早地来了,在人群中,他挤啊挤,竭尽全力地挤到张导的身边,掏出点东西,悄悄塞到张导的衣兜里,调皮地笑笑,走了,站在远处看起了拍戏。

张导正忙着,感觉到怀里热热的,忙伸手一摸,原来是两个烧好的土豆,又大又圆,显见是孩子在家里挑得最好的,特意烧熟了送来。剥掉皮,玉白色的瓤子还散发出浓浓的香味。"吃一口,那个味啊,"二十多年后,张导回忆说,"直透到心里。这,是我在陕北吃的最好的东西。"

下面的听众听了,响起了热烈的掌声。

张导坐在台上,像是对观众,又像是自言自语,说:"这是一生中让我最感动的一件事,一直以来,我都把它埋藏在心中,默默地享受着。今天,主持人问我在拍摄《黄河大侠》时,记得最清楚、最受感动的事是什么,我认为,就是这。"

老人眯着眼,望着远方,思绪仿佛又回到了当年,回到了陕北。面前,仿佛又出现了那个男孩和那两个又大又圆的烧土豆。

老人说,后来,他曾多方打听这个孩子,可由于当时没有问小孩的名字,也就不知道了他的下落。"也不知道他家境如何,也不知道他读书没有,不能给他点经济援助,心里很有愧,我就给那所山村小学捐献了一些图书。现在,他怕也成家了吧。真感谢他,给我留下了这么美好的记忆。"73岁的老人说着,流下了真诚的感激的眼泪。

台下,听众掌声潮起,这个美丽的故事,也让很多人流下了感动的眼泪。

二十多年的岁月,没有抹去老人心底那段美丽的回忆。

二十多年的岁月,同样没有磨蚀人们对这份美好的感动。

坐在电视机前,我同样流下了感动的眼泪,深深体会到:友善,原本就是一粒种子,当你在无意中赠送别人一粒时,得到的,将可能是整个绚烂美丽的春天。

第 三 辑

追问灵魂的眼睛

生命的堡垒 / 追问灵魂的眼睛 / 在父爱中乘凉 /
娘要回家 / 信任的价值 / 心中的碑 / 友情如针

生命的堡垒

那时,他还是一个小学生。

童心未泯的他狂野、胆大,甚至有些残暴,尤其在对待弱小的生命上。同时,由于他敢打架,因此,也成了那个村子的孩子王。

他带领着一群男孩,无事的时候,下河捉鱼,扔在河滩上,看它们苟延残喘,然后艰难死去。他上到高高的麻柳树,掏了鸟蛋,往小伙伴的头上砸,看他们狼狈躲闪的样子。一次,他把青蛙捉住,用树棍夹住青蛙的腿,说是上夹板,然后,看着它一颠一跛地跳,拍手大笑。

一天,一群孩子找到他,说看到一只老鹰,飞进了楼房上的一个洞里。

大家问他,敢不敢捅老鹰窝。

"敢,怎么不敢。"他一挺肚子,气昂昂地说。

为了在小伙伴们面前显示自己的胆量,他戴了一顶帽子,防止老鹰啄他。然后,拿了一根棍子,雄赳赳地一个人上了楼顶。

在楼顶上,果然,他找到了一个洞,却不大,仅仅有胳膊粗细。他可没想,那么点大的洞,里面怎么会藏着老鹰呢。

他把棍子捅进去,一转,再转,扯出来,连着一个鸟窝。窝里,是一只鸟,很小,还没有长毛,闭着眼睛,"喳喳"地叫着,声音很嫩,新生婴儿一般。

他扔下棍子,拾起那个小小的生命,高举着,跑下了楼。楼下,小伙伴们都鼓掌高呼,仿佛欢迎一位得胜的将军。那一刻,他很得意,觉得自己干了一件很了不起的事情。

那只刚出壳的小生命,呷着嫩黄的小嘴,"喳喳,喳喳"地叫着,一声又一声,不吃也不喝,还不到上午,就停止了叫声。

他提起来一看,已经死了。

他把那只小鸟提着,往窗外一扔,就上了床,开始睡午觉。睡梦中,一阵叽叽喳喳的声音吵醒了他。打开窗,一对麻雀在窗外盘旋着,惊叫着,一声声的,不肯离开。那声音,悲惨,惶急。

他拿起弹弓打了几次,也没赶走。

然后,他去玩去了。再然后,天黑了,他回来睡了。晚上,黑暗的夜里,传来一声声麻雀的叫声,凄惨,苍凉,听起来格外刺耳。这是他从来没有听到过的,麻雀竟然在晚上叫。

一夜,他都没睡好,到了天快亮的时候,鸟叫停止了,他才蒙蒙眬眬地睡着。梦,是被窗外的吵闹声惊醒的。

他打开窗子一看,窗下,围着一群人,都是他的小伙伴,叽叽喳喳的,扎在一块儿。他忙穿了衣服跑下去,看到,在他昨天扔下那只小鸟的地方,卧着两只鸟,羽毛蓬松着,如一团旧棉花,一只鸟儿嘴里还衔着一只虫子。

这两只鸟见了人,卧在那儿也不飞。他走近一看,它们都死了,一只鸟的嘴角还流着殷红的血。

三只麻雀,聚在一块儿,组成了一个幸福的家。

那一刻,他小小的心里,竟颤抖起来。他低下了头,再也没有了往日的得意。他知道,是自己,葬送了这小小的充满爱和温馨的一家。

他和小伙伴们找来一个信封,装下这三个小生命,埋在了山后的草坪上,并堆了一个小小的土堆。同时,他也在自己心中筑了个堡垒,这座堡垒,就是对生命的敬畏。

以后,他再也没有干伤害小生命的事了。因为,他知道,每一个生命都有爱,有伤心和痛苦,跟人一样。

那个人,是我的表弟。那年,他九岁。

追问灵魂的眼睛

我和那头小牛的关系很好,细说起来,我还是它的救命恩人呢。那天,是寒假的晚上,我起夜,到厕所去,听到牛圈里有细细的叫声,如婴儿一般弱。出于好奇,打着电筒,到圈里一看,是小牛出生了,在草堆里,很薄的草,几乎遮不住小牛的身子。母牛也无可奈何,卧在地上,望着我,眼睛大大的,充满了企求。

我忙喊来母亲,抱来草,给小牛加上。同时,在圈里烧了一堆火。母亲说,不是我,一夜工夫,那小牛一准冻死。

没想到,这小家伙长大后,竟非常调皮,和我相处也很好。

假期里,我经常放它。有时,它在自己的母亲身旁撒娇,完了,竟又跑到我身旁,用头抵我,甚至围着我撒欢子。有一次,瞅我坐在地上不注意,竟一头把我撞倒在地上,惹得几个放牛人哈哈大笑。一位放牛的老人说:"它这是和你亲热呢,这小家伙!"

果然,它并没有害怕要跑的样子,而是站在我面前的山包上,哞哞地叫,很得意。这时,我才从心里感到,牛,也是有感情的。

和这头小牛相处大约半年时间吧,忘不了它的调皮,但更忘不了的是那一双纯洁的眼睛。

小牛出生后不久,我考上了大学,当时的学费虽不高,可也不是一个贫寒农家所能承担得起的。没办法,父亲咬咬牙,决定卖了那两头牛。

然而,买家却只答应买那一头大牛,至于小牛,说什么也不买。原因很简单,一个几个月大的小牛犊子,买回去,二三年也干不了活:谁愿掏钱买个闲货?

无奈,父亲答应了。

第二天,买主就上门拉牛。

这一母一子的两头牛仍一如往常地嬉戏着。小牛调皮极了,一会儿围在母亲身边又蹦又跳,一会儿用头撒娇似的蹭着母亲的身子;饿了,就跪在母亲的身子下吃奶。吃时,也不安静,头还摆过来摆过去,蓝蓝的眼睛望着母亲,满漾着幸福和淘气,如一个极不安分的孩子。

母牛呢,满眼慈爱,用舌一遍一遍地舔着小牛的身体。

牛,其实也是知道天伦之乐的。

当买主拉住牛缰绳往外拉的时候,母牛愣了一下,定在那儿,一动不动,直到我父亲去拉,它才走出牛栏。可走出牛栏再也不动了,等她的儿。没办法,父亲只有使劲地在前面拉,让买主在后面用鞭子打。就这样一个拉一个打的,把母牛一步步赶离牛栏。

夕阳下,母牛一步一回头地叫着,那叫声悲怆、苍凉,在夕阳下远远传来,让人不忍卒听。

小牛见母亲被拉走,急了,翘起尾巴就想从我身边蹿出去,可毕竟才几个月大,被我一扑,箍住脖子,怎么挣扎,也摆脱不了。

两头牛,母子俩,就这样被分开了。一个被又拉又打地赶向远方,一个在我怀里使劲挣扎着。大概是舍不得自己的儿子吧,母牛的叫声中有呼唤,有哀求,有忧伤,一声声撕裂人心。一路远去,一路悲鸣,身影已消失在夕阳影里,可那声音仍长长地传来,声声在耳。

那头小牛在我的怀里也一声声地回应着,声音细长,嘶哑,显得凄凉而无助。这使我想起自己小时,母亲到外婆家去时,把自己放在家里时所发出的哭声。

当母牛最终走得没影的时候,小牛回了一下头,望了我一眼。从此,这一双眼睛就深深地嵌入我的心中,再也忘记不了。

那是怎样的一双眼睛啊！清亮，干净，一尘不染，就如融入了两块蓝天的清泉；而此时，那清泉上竟洇出一袭薄薄的雾，那雾慢慢变厚，厚成云翳，渗出来，分明是两滴泪。

牛也会哭，这是我生平第一次发现。

一刹那间，我的灵魂仿佛被什么击中了，手一松，任凭它撒开腿，如风而去，向它母亲远去的方向，向夕阳影里奔驰而去。

多少年过去了，那染满泪的目光至今我还清晰地记得，那里有失去了母亲的悲伤，有对人的残忍的愤怒，有一种无依无靠的彷徨凄苦，更有一种无法把握生命的悲哀和无奈。

一头几个月大的小牛的眼光，那里面包含的复杂感情，竟足够我一辈子品咂。

面对着一头小牛的眼睛，我不得不承认，世间最具感情与灵性的动物，不仅仅是人。

在父爱中乘凉

蓝得如梦的天空，被晚霞浸染成了一片玫瑰色。

在队里的窑场上，我们打打闹闹，把一个黄昏吵得沸沸扬扬。窑场上，烧窑的烟子一缕直上，直钻上云天中去了，红红的火光，映红了对面的山崖。

父亲把一捆捆荆棘用铁叉叉了，塞进窑洞中，化成一团火焰，蓬蓬勃勃。有时，火不大旺，父亲就会把头努力地钻进窑门，靠在地上，身子无限地扭曲,朝窑里望,手里的长长的铁叉探进去,搅动着。突然,一团火焰一滚而出,父亲忙把头往旁边一侧,还是慢了一点,头上的头发被火燎了一块,"吱"的一声,成了焦黄。

父亲回过头,满脸汗珠,脸色黑红,摸了一下烧焦的头发,一笑,说:"去去,小孩子没见过啥,玩去。"

于是,我们跳上队里的晒谷场,又跳又叫,捉迷藏,打谜语,把我们的童年吵嚷得喜气洋洋。

月亮从东山上升起,水汪汪的一片月色,小伙伴们都逐渐走散了,回了家。可是,我不走,我要等父亲,等父亲是一个堂而皇之的理由,其实,心里,是想吃属于父亲的那份烧窑的饭。

烧窑,当时是队里的技术活,也是累人的活,烧窑的瓦,一般分给队里的人盖房子用。可以这样说,全队的瓦屋,没有一家屋顶的瓦不是我父亲烧的。

既然是技术活,就有一份特殊的待遇,队上专雇一个人,半夜时,得给窑工做一顿饭。我父亲要求做锅盔,他说他爱吃锅盔。

因此,每到父亲烧窑的时候,是我们兄妹最高兴的时候,仿佛过年一般。

那时,我们也会成为全队孩子羡慕的对象,心里感到特舒服。当所有的孩子都走了的时候,我们可以理直气壮地留下来,有人问为什么天黑了还不回去,我们会响亮地回答:"我等我爹。"

父亲让我们回去,我们不,坐在那儿等,等香喷喷的锅盔。父亲没办法,只有又下了窑场,烧窑去了。我们就坐在窑场的草堆旁。等啊等啊,然后就慢慢地睡着了。

不知什么时候,我们蒙蒙眬眬地醒了,是父亲摇醒的,脸旁放一块小小的锅盔,我们已睡在床上。原来,睡着后,我们被父亲一一背回了家。这会儿,半夜的那顿饭熟了,父亲把锅盔拿回来。

那时候,我们小,特别瞌睡,蒙蒙眬眬里,我把锅盔咬了一口,嚼着嚼着,就睡着了。弟弟把馍嚼在嘴里竟发出了鼾声。没办法,父亲只有把我们兄妹四人,一个个叫,一个个摇。

最后，想了一个不是办法的办法，把滚烫的锅盔放在我们的脸上，一烫，就把我们的瞌睡烫跑了。但那也有缺点，我的嘴边被烫了个泡，现在还留下个疤痕，气得母亲嘀咕了半天。

据母亲后来说，每次烧窑，父亲都把自己的那份锅盔分给我们，自己只有喝两碗稀饭压肚子。但是，不久，就有同窑的人提意见，说这样一来，稀饭几乎全被父亲喝光了。无法，父亲只有每顿喝一碗属于自己的稀饭充饥。

那是一个个充满劳累而漫长的晚上，不知喝一碗稀饭的父亲是怎样度过的。真想问问父亲，可他总是一笑，什么也不说。

只是现在，当我的孩子每每把饭掉在地上时，他总会拾起来，说："怎么不知道心疼粮食呢？你爸他们小时，要有这吃该多好。"

父亲说时，一脸笑。我想，那是幸福的笑吧。因为，好日子毕竟我们都赶上了。就这一方面来说，我们都是幸运的。

娘要回家

在小城，我奔波数年，买了一套房。娘知道了，在弟弟的陪同下，来了这儿。娘很高兴，呵呵地笑着，摸摸这儿又摸摸那儿。

弟弟走时，我们没让娘走，让她玩几天。

可是，几天后，她待不住了，要回家。她说家里猪要喂，家里地要种；她说豆子熟了，她要回去收。

其实，豆子已收了。娘老了，她患有老年痴呆症，忘了这事。

她说,她要回去挣钱,我们买房花大了,她要给我们挣钱。

我们留她,说放假了,由我送她回家,可是,她很急,坐卧不安。一天,放学回家,不见了娘,门锁着。我们打开门,娘和娘的东西不见了。

娘走了。

我急了,娘有遗忘症,会走失的。我们忙打电话,问弟弟,娘回来了吗?弟弟说没有啊,不是在城里吗?我们忙告诉他,娘回来了,让他去接。他答应着,关了手机。

下午,弟弟来电话,没接到娘。

我们听了,傻了。

然后,我们发动所有的亲戚,到处找娘,可是五六天过去了,依然不见娘的影子。我的娘——我的六十多岁头发花白的娘走丢了。

在无法可想的情况下,妻子给我出了个主意,现在网上有很多好心人,可以把娘走失的消息贴到网上,请大家给帮忙找。我听了,忙把娘的年龄、长相都写了,贴在网上。待要贴照片时,才发现,娘只有年轻时的照片,老来从没照过照片。

无奈,我只有把一段文字贴了上去,并贴上家里的电话号码。

过了两天,有了回应,另一个城市里一个网友来电话,说他发现了一个老人,和娘长得有些像。可是,那位老人不是自己走丢了,是她儿子丢失了,她在找自己的儿子。

我们见了,丧了气。看来,老人不是娘,是另一个伤心的母亲。

隔天,我从外面找娘刚回家,妻子就告诉我,那个网友又来电话了。

我忙问,说了什么?

妻子说,对方说,那位老人对家里的事什么都记不住了,只记得儿子的乳名,叫黄记,自己一听,不是我的。

我一惊,叫道,是我的,我有一个乳名,叫黄记。

妻子睁大了眼,说,你不是叫旺生吗?

我告诉她,我有两个乳名,初出生时,娘希望我健康,取名旺生。可是,我身体一直不好,娘听人说,我要拜一方神圣为干爹,才会活下去,我们那儿,敬一方神仙,称黄大仙,娘就给我取名叫黄记,意思是记在黄大仙名下,做干儿子。娘怕爹不答应,这事也就没张扬。

黄记,也就成了我的另一个乳名,一个属于娘一个人的乳名。

我们马上联系了那位网友,请他发一张照片过来。照片过来了,果然是娘,在风中,娘白发苍苍,在捡拾着什么。网友说,老人边要饭,边捡拾废品,她说儿子买了房,她要给儿子挣钱。

我和妻子泪如泉涌。

一天后,我们来到这座城市,在网友的帮助下,找到了娘。娘看见我,呵呵笑了,接着眼泪就流了下来。娘的手中拿着一个塑料瓶;胸前,挂着一个纸牌。网友说,就是那个纸牌误导了他,使得他误认为不是我娘。

娘胸前的纸牌上,不知请谁写的一行大字道:我走丢了儿子,他的名字叫黄记。

望着纸牌,我愣了一下,扑过去,抱住娘,还有那纸牌,泪水哗哗地流下来。

是啊,娘怎么会走失?娘,永远是儿子的家,是儿子的根啊。天下,只有走丢的儿子,哪有走丢的娘啊?

信任的价值

小城山清水秀,很美。我去那儿开会,在一个不大的宾馆里租了一间房,住了下来。一问房费,一夜120元,两个铺位,我皱了一下眉头。带我看房的女服务员见了，一笑，介绍道："两个铺位，你可以再找一个客人同住，一人60元。"

这是一个善解人意的女孩，一句话，解开了我心中的结。

想了一会儿，我又愁了，说："我在这儿没有一个熟人，到哪儿去找个客人合住呢？"

女孩把开门的磁卡递到我手中，大大方方地说："放心，我在前面柜台前，到时给你找一个。"我很高兴，很是感谢。女孩踩着一路的高跟鞋声，走了。

我躺下看电视，一集还没看完，就响起了敲门声，忙起来打开门。女孩的笑脸迎门盛开，舒爽悦目。身后，是一个戴眼镜的小伙子，女孩给找的客人。

女孩安排好客人后，又是轻盈地一笑，走了。

客人坐下来后，一番寒暄，问起干什么事情后，我们都大笑起来。原来，客人同我一样，也是来开会的。由于是同一职业，又由于性格相投，我们就聊起来，天上地下无所不谈，自然而然，谈到这个小小山城的小小宾馆。

"这宾馆真正不错。"客人赞叹着，很由衷的。

"怎么见得？"我问。

"由刚才那个女服务员身上就能看出，热情，大方，好客，这样素质的服务员，宾馆也差不到哪去。"一句话，让我大起同感。我对这个小宾馆之所以产生好感，我想，大概也是这个女孩的服务态度起着作用吧。

以后几天，每次见着女孩，我们都微笑点头。女孩也微笑，也点头示意。

同时，我们的饭菜也订在宾馆中。

这儿根据客人的预先要求统一发饭票。一次，我把饭票忘在房中，和同房客人一块儿下来吃饭，收饭票的是女孩。同房朋友拿出饭票来，我没有拿出，忙赔着笑脸说："丢在房中了，吃了，再上去给你拿来。"

"对不起，请先拿来，我好上交。"她很坚决，但脸上始终带着笑。面对那种坚决，那种微笑和那种敬业精神，我没有理由拒绝。

事后，我和同房朋友笑谈："这样负责任的女孩，我要是经理，真应该提拔。"语言中，有几分赞赏，有几分佩服。

一晃，会期还剩一天，同房的客人准备到小城一个朋友那儿小聚，所以提前去结了账。和我一块儿找到女孩，交了自己的住宿钱。至于我，由于还要住一晚，所以单独明天结账。

女孩笑着点头，接了钱。

第二天会期结束，我去结账，四夜240元，递到女孩手上。女孩笑笑地接过，数数，道："不够，应当是480元呢。"

我愣了一下，忙道："一夜60元，四夜啊。"

"你一人住一间房，一夜120元。"女孩眉头都不皱一下，仍然微笑着道。

"你——我们明明是两个人啊。"我分辨着，可无济于事，女孩仍然微笑着，就是不结账。正在我无法可施的时候，同房客人会议结束经过这儿，正准备离开，听了，停下来，诧异道："昨天我不是来这儿交过钱了吗？"

"请拿出条子。"女孩仍不急不躁地笑着，伸出纤细好看的五指。一下子，让我们目瞪口呆。说实在话，我们从来未怀疑女孩会这样，因此，压根儿也没想到要收条。

没法，我又拿出240元。同房的客人拦住了，自己掏出240元钱，说："怪我，不该大意，应当我出。"交了钱，对女孩微笑道，"你赔了，我赚了。信任是无价的，而我用240元竟把它买下了。"一句话，女孩的脸红了，尽管她仍在微笑，娴静如一朵百合。

然后，同房的客人对我笑笑，挥挥手，走了。但是，那一句话始终刻萦绕在我的心上：信任是无价的，珍视别人对自己的信任，也是在珍惜自己最宝贵的人生。

心中的碑

他败怕了，真的。

第一次考试，他还是中等生，感觉还可以。可是，到了期末，就双脚一滑，把持不住，落在了班级后十名，以至于回去，都不敢面对父亲，就在成绩单中悄悄做了手脚，把分数偷偷增加了一倍。

父亲见了，高兴得乐呵呵的，连连点头道："好样的，不错！"面对父亲的夸奖，他心里沉甸甸的，很不是滋味。

这次考试，他不想再失败了，他感觉到，自己失败不起。

办法很简单，瞅老师没注意，他偷偷地翻书。监考的，是自己的班主任，坐在讲台上，听到响动，抬眼望了一下。他忙停止动作，低下头，假装认真地做着卷子。

班主任站起来，慢慢走过来，他的心跳加快。

轻轻踱到他面前，班主任停了一下，看看他的卷子，然后拍着他的肩轻声道："认真做，不错。"一脸的笑，说完，转身又轻轻走了。他的心里一松，既而感到暗暗好笑，班主任高度近视眼，四百多度，怎么看得清呢？自己太小心了，以至于虚惊一场。

于是，他决定，继续抄下去。

下一场考试，他依然这样，悄悄翻起书来。又一次，班主任听到轻微的响动，望了过来。这次，他胆子大了，缩起脖子，一笔一画地抄起来。好在，老班没发现他。

就在他抄得聚精会神时,突然听到一声咳嗽,一惊,抬起头来,老班背对着他的桌子,正挡着他。门口一暗,巡监来了,走到他面前。

巡监可能在窗外发现了他的小动作,轻声问道:"干什么啊?"

他一时满脸通红,鼻尖出了汗,不停地说:"我没抄,我——我——"老班也笑笑,对巡监轻声解释,他有一道题看不清,问自己,自己正过来准备看看呢。说着,随意指了一道题,让巡监看。巡监读了,笑笑,低声道:"很清楚啊!"然后转身,轻轻走了。

老班笑笑,拍了一下他的肩,也悄悄走了。

他的心"咚"一声,由高处又落回原地,伸手一摸,一头的汗。他实在不敢想象,如果老班不打掩护,如果巡监发现了他作弊,后果会怎样。因为,考试之前,学校曾公布了规定,作弊者,将在全校通报。

如果那样,自己的面子就丢大了。

如果这样,自己以后有何脸面见同学。

想到这些,他有点不寒而栗。接下来的考试,他规矩多了,认真读题,认真思索,认真答题,再也不敢抄袭了。

考后不久,成绩公布出来,一下子,他跃入班级前二十名,同学们望着他,眼里满是敬佩,满是仰慕,可他却低着头,一声不吭,一点儿也没有胜利后的快乐和舒畅,相反,心情更沉重。

那天,老班把他叫进办公室。

他们教室,为了高考方便,都装有监控频头。老班笑笑,把监考录像放着让他看,录像中,他抄袭的动作,一举一动都录了进去,甚至包括巡监的到来,也录在里面。又一次,他红了脸,鼻尖冒汗。班主任告诉他,这是巡监送的,说让他看看,会对他有好处。

他轻声道:"我错了。"

班主任没说什么,点点头道:"我和巡监都违纪了,但是值,因为,我们保护了一个学生的自尊!"最后,班主任严肃地告诉他,这份来之不易的自尊,希望他以后保护好,千万别弄丢了。

他红着眼圈,无声地点点头。

以后,他一步一个脚印,走过中学、大学,一直到社会,从不作假,因为,在高中的那间办公室里,班主任就为他的自尊立了块牌。这块碑,一直,他不敢让它倒下。

因为,他知道,身后,有两双眼睛看着他。

友情如针

他开完会,下来后,气得满脸通红,鼻尖出汗。

朋友问他怎么啦。他告诉朋友,领导和他处处过不去,这次开会,他又受到了领导的批评。接着,他告诉朋友,散会时,领导怎么单独叫住他,如何给他讲大道理,如何满脸不高兴。

讲完,回头一看,朋友并没有听,是在看书。

他很生气,皱起了眉毛问道:"你在干什么,听我说话了吗?"

朋友笑笑,指着书告诉他,自己一边看书一边听着呢。

"看书,能听别人说话吗?"他本来就有气,红着脸问。

朋友放下书,望着他道:"不高兴啦?"

他没说话,但是把不快写了个满脸,坐在那儿,咕嘟咕嘟喝起水来,懒得理朋友。朋友仍笑笑道:"今天上午开会,你不是在玩手机吗?因此,领导才批评的。"

"可我听着啊。"他强词夺理。

朋友说:"刚才你说时,我在看书,不也一边听着吗?你怎么不高兴啦?"一句话,问得他目瞪口呆,无言以答。朋友进一步分析,别人说话,都想对方能认真倾听,这是一种礼貌,是尊敬别人,也是尊敬自己。

"你是不是还在为上次竞聘的事情心里不高兴啊?"朋友见他不说话,单刀直入。

他脸又红了,这句话点到了症结。

单位有个空位,当时,他和领导都参加竞聘,结果,领导选上了,他落选了,自己心里就一直迈不过这个坎。所以,开会时,他就有意识地玩手机,懒得听领导的讲话,以这个方法来表示对领导的蔑视和不满。

朋友见他不说话,拿出一份文件,放在他面前。

他睁大眼问:"什么东西?"

"你看看。"朋友说。

这是一份晋职文件,里面有晋职的各种制度,还有条件和要求。朋友告诉他,领导知道他俩关系好,又知道他这次在晋职系列内,怕他没认真听,给错过了,特意把这个文件给自己,让捎给他,叫他学习一下。

他开会时确实没听清什么,读了文件之后,大是感激。

当年,他晋级成功。事后,他觉得那份文件送得真是太及时啦。

渐渐地,对领导,他心里有了一份感激。带着这份感激再看领导,他又渐渐发现,领导有很多长处是自己不曾具备的。慢慢的,他心平气和了,和领导的关系也好起来。

后来,他才知道,这份文件不是领导给的,而是朋友特意去要来给他准备的。

朋友用一个小小的办法医治了他心里的偏见,还有不平。

有时,好朋友是医生,友情是银针,能瞅准自己的穴道下针,虽痛,但是有很好的疗效。

第 四 辑
摆 渡 心 灵

书虫的懊悔 / 远行的尾尾 / 微笑的美丽 / 那年高考 /
失败的曙光 / 摆渡心灵 / 心灵的糖皮 / 一车花香 / 自信的音符

书虫的懊悔

鱼蠹,是书里的一种小虫,又叫书虫。整日里,他没事,就在书页中散步,很无聊。

有一天,他想当学问家了。他看到学校里,很多孩子在读书,暗暗笑了,心说,小样儿的,那样多慢多累人啊!看我的。

原来,他有绝招,他能蛀书,用现在的话说,就是咬书。

他钻入一页书中,仔细地寻找着自己最满意的段落。有一段话吸引住了他的眼光:"池塘里,有绿色的浮萍,呈现出各种绿:翠绿,墨绿,青绿——荷花也开了,在风中,散发着音乐一样的香气。"

"这段话太好了!"他说,"它属于我的。"于是,就"嚓嚓嚓"地咬起来,两天工夫,把一排字蛀成一个个小洞。他感到很骄傲,摸着鼓鼓的肚皮,心想,这是什么?是才学。

第二天,他又沿着书漫步,走在文字的平平仄仄间,一边观看着四周风景。这时,听到翻书的声音,他忙闪身,躲在书的夹缝中。

原来,这本书是一个叫贝贝的孩子的。他在爸爸的指导下,正翻开书,背诵里面的古诗:"床前明月光,疑是地上霜。举头望明月,低头思故乡。"

贝贝的声音清脆,稚嫩,像山里小小的露珠,很清亮。贝贝的爸爸笑了,然后给他解释这首诗的意思,解释完告诉他,今天是十五,晚上我们看月光,看是不是诗人写的那样。

贝贝很高兴,点着头,合上了书。

书虫从书里出来,心想,这首诗不错,嗯,我得把它吃下去,这样,我也就成了贝贝爸爸所说的那位诗仙了,也喝着美酒,吟着诗,多了不起。

花了整整一夜工夫,书虫把这首诗给蛀掉。他心满意足地回去睡大觉,梦里,他发现自己成了一个很了不起的诗人,站在月光下,拿着一杯酒,准备吟诗,可是,一句也吟不出来,一着急,醒了,是一个梦,让他很沮丧。

第二天,贝贝在爸爸的指导下,打开诗集,准备背《静夜思》。可是,这首诗没有了,成了一个个洞眼。贝贝急了,"哇"地哭了。

爸爸拿过书,皱皱眉,说:"这书让虫蛀了。"

贝贝停止了哭,望着爸爸。爸爸告诉他,书里生的虫,叫鱼蠹,又叫书虫,它们爱蛀书,特别讨厌。

"它们也想学习吗?"贝贝很惊奇,睫毛上挂着亮亮的泪珠,问道。

爸爸摇摇头,想了一会儿,告诉贝贝,书虫不是学习,是糟蹋知识,破坏书。会学习的孩子,只学习书中有用的知识,绝不破坏书籍。然后,贝贝爸爸把鼻子凑近书本,细细嗅了一会儿,对贝贝说:"以后,这只书虫可能再不会蛀书了。"

"为什么?它变好了吗?"贝贝问。

爸爸摇摇头,告诉他,这本书中,喷洒过毒杀书虫的药,如果这只书虫以后不蛀书了,它就没事,不然的话,再吃下去,就会死掉。然后,他说道:"真希望它就这样停止。"贝贝睫毛上挂着泪,也懂事地点着头。

书虫听了,很生气,心说,好啊,你说了我这么多坏话,还故意吓唬我,看我怎么报复你。待书合上,它马上张开嘴,"嚓嚓嚓",甩开腮帮子吃了起来。

三天三夜,七十二小时,它连一分钟也没歇,把一本书啃得破烂不堪。

望着满书的洞洞眼眼,它得意地哈哈大笑。突然,它感到肚子疼痛不已,叫了一声,倒在地上,再也没有起来。

多年后,贝贝成了一个作家。一天,坐在书房里,握着笔,他又想起这只小小的书虫,在文章中写道:"会读书的,在书中汲取营养;不会读书的,在书中汲取毒素。这样的结果,关键在于读书人的选择。"

远行的尾尾

四月一到,杨花们就出发了,他们借着微弱的风,在蓝天下,在阳光中,轻悠悠地飞着。阳光照着他们纤细而洁白的绒毛,洁净而轻盈,很好看。

他们三个一群,五个一伙,拥成一团,在空中嘻嘻哈哈地追着,打闹着,向着远处飞去,飞过高山,飞过原野和河流,看中哪儿,就落下来,生根发芽,长成大树。

在杨花中,有兄弟三个,分别叫北北、胖胖和尾尾。当然,一听名字,你就知道,尾尾是兄弟中最小的。

兄弟三人在空中边闹着边飞着,边谈论着自己的想法,也就是他们的理想。

北北在空中快活地翻一个跟斗,呵呵笑着,然后告诉兄弟们:"我喜欢站在高处,迎风招展,那多舒服。"刚说到这儿,往下一看,看见下面一座高高的山峰,还有积雪。他惊喜地叫道:"我就选中这儿。"说完,不等大家回答,就落了下去。

他想在这儿落下,雪一化,扎根发芽,长在山头,那该多高大啊。

剩下的兄弟俩无奈,继续自己的旅程。老大走了,兄弟俩有点不痛快,可年轻的心一会儿就把这种不痛快扔到了九霄云外,又嘻嘻哈哈地向前飞。

刚飞过一条瀑布,胖胖看见了一条河,擦了一下头上的汗,说:"算了吧,我累了,想在这儿安家。"

尾尾劝:"二哥,别下去,我们不是商量好了,找到最需要我们的地方落下吗?"

胖胖看了弟弟一眼,道:"这儿没有高大的树木,我觉得,我应该落在这儿。"说完,轻轻落了下去。草地很密,尾尾怎么找,也找不见胖胖的影儿了。

尾尾望着草地,大声喊:"胖胖,胖胖。"草地里,传来胖胖的再见声,轻悠悠的。

尾尾挥挥手,他一个人默默上路了,随着风飞呀飞呀,十分疲累,也十分孤单。老鹰看见了,说:"尾尾,你想去哪儿?来,我捎着你。"

尾尾不,他说:"谢谢你,老鹰大叔,我去找最需要我的地方。"说完,随着风旋上高空,渐渐看不到老鹰的影子了,只有夕阳染满山冈,天快黑了。

小山羊看见尾尾,停止了吃草,说:"尾尾,天黑了,快回到妈妈身边去吧,小心大灰狼。"

尾尾才不怕大灰狼呢,不过,他仍然感谢小山羊的好意,告诉他,自己不回家,要到远处去,到最需要他的地方去。

"你不休息吗?"小山羊惊讶地问。

"不了,到了目的地再休息。"尾尾回答。

就在这时,他发现了小山羊的危险,原来,一只大灰狼悄悄从树后,箭一般向小山羊扑去。"小心,小山羊。"尾尾喊道,然后借着风力,身子一飘,直飞向大灰狼的眼睛。大灰狼吓了一跳,忙一闭眼睛,一头撞在一块巨石上,痛得嗷嗷直叫,眼冒金星,在地上直翻筋斗。

小山羊趁机跑了,回到了妈妈那儿。

尾尾也高兴地笑着,向小山羊再见,然后飞上高空。天也已经黑了,星星一颗一颗的,在天空眨着眼睛,望着尾尾,露珠一样美。尾尾顶着满天的星星的灯光,飘悠悠地向远处飞去。

当又一个上午到来时,他来到一片无边的沙漠。这儿很热,没有一丝风,也没有一棵树,他听见牧羊人说:"天哪,要有一片绿荫,该多好啊。"

尾尾听到了,悄悄落了下去。

多年后,这儿长出一棵大白杨,他的干是那么粗,叶是那么密,每一个被沙漠上的日头晒得无处躲藏的路人,都会来这儿,乘一会儿凉,接着又高高兴兴向远处走去。大家非常感谢这棵树,就给大树取个名字:沙漠天使。

可是,有谁知道,这棵树还有个小小的乳名,叫尾尾。

尾尾听到大家的称赞,在风中摇着头,"嘎嘎嘎"地笑了,他感到很幸福很幸福。

微笑的美丽

我如飘萍,又一次登车,向一处不可知的地方驶去。

是秋天,一个天蓝水清的日子。我的心,却如山谷里的溪水,时时地,蒙上一层薄雾。

我有一个温柔的妻子,贤惠,性情如水;可是,骨子里,却有一种强烈的事业心。这种事业心,她没用在自己身上,她只想做个贤内助。

一句话,她希望我的事业有成。

在爱情的鼓励下,一步步,我向外走去,告别故乡,远离乡音,在陌生的土地上,艰难打拼,取得了一些成绩,也流淌了大量的汗水。

这,让人少的是幸福,多的是痛苦。

几年来,我几乎是打一枪换一个地方,不断地变换着工作单位,品尝着攀登的愉悦。但更多的,则是品咂世事的艰难,人情的冷暖。

今天,又一次,我登上车,走向一个自己并不了解的新地方。

车在乱山里行走,车窗外,时时闪过一丛红叶,一条瀑布,或者一处溪流人家。一缕鸡鸣直上,夹杂着几句方言说笑,让人听了,恍惚回到故乡。

可这儿不是故乡,是一处不知名的山里。

车,突然,在我的沉思中停下。我抬起头,是一个女人上车来,带着一个孩子,五六岁的样子。孩子圆头圆眼,如一个瓷娃娃。

车上并没有座位,女人和孩子坐在司机座位后边的一个木箱上。

女人的手,始终放在孩子肩上,不像母亲,像一个姐姐,引着一个小弟弟。

我就坐在前排的座位上,女人一举一动,都映入了我的眼睛。

这是一个很洁净的女人,说她洁净,首先是穿着上,一身黑衣服,干净,朴素,没有一点污垢的样子。其次,是一张眉眼,不美,可明亮着一片健康的笑容,让人心里,无端地感到一种抚慰,尤其是内心郁闷的时刻。

可能感觉到了我在注意她吧,女人微微侧过了头,望着前面,女性特有的那份细腻、娇羞,表露无遗。现在,这样的女人不多了。

我从心里喟叹。

车,仍在行走。车窗外,风景一闪一闪,有阳光洒进来,映在身上,也映在人的心上。

女人侧过身子,有一片阳光粘在脸上,女人微眯着眼。我觉得,那阳光,与女人的眉眼真相配。

车再一次停下来,上来了一个老人,转着头,寻找着座位。女人将身子移了移,移出一点空位,然后指着,微笑着点头,让老人坐下。

老人坐下来,车,也动了。

老人给司机找钱,女人忙接过,走了几步,递到司机手中。女人做这些时,仍一脸微笑,自然,没有丝毫扭捏。然后,女人又坐回原位,一只手拿着东西,另一只手仍搭在自己孩子的肩上。

我心中的雾,也随着山谷的雾慢慢散开。

太阳光,尤其秋天的阳光,在雾散以后,干净得如过滤过一样,连一点灰尘都没有。有一粒两粒鸟鸣,在阳光下播撒,漫不经意的,可很洁净。

这样的秋天,真好!

这样的旅程,也还可以!

车拐一个弯,到了一处锁链桥,女人向司机打个手势,车停了,女人带着孩子,下了车,女人的手,仍搭着孩子的肩上。两人一块儿,笑笑的。阳光,洒在女人的眉眼上、嘴唇上,美得惊心动魄。

女人,是个哑巴。从她刚才的手势中,我猜测。

我心一动,随即被一种巨大的感动淹没了。我原以为,美,只属于十全十美的女人;却没想到,原来美是可以从心中流溢出来,而且那种自然沉静的美,是一种更高层次的美,它简直可以遮盖一切缺憾。

显然,女人家就在这儿的山里。只不知在哪一处山野溪旁,哪一处红叶林中?不知道她知道不,她曾以自己的微笑抚慰过一个孤独的行人的心。

愿她和她的孩子,还有丈夫,一家人在山里生活得和和美美。

这样想着,回过头望去,来路上,早不见了女人和她的孩子,只有一片明亮的日光,照得山野一片明净;只有雾,在我的眼中慢慢升起。

那年高考

记得张爱玲说过,在时间的荒野天涯,没有早一步,也没有晚一步,刚好遇上。这话,用在我高考的遭遇上,是再恰当不过。

当然,我遇到的不是浪漫,而是他事。想浪漫,那时也没空闲,我一心只想考上大学。

再说,我的背后,还有一双雪亮的眼睛,充满希望地望着我,这就是自己的班主任朱老师。

记得一进高三时,学校进行了一次分班考试,我的成绩出奇的好,处于年级第一。分班时,我理所当然分进了火箭班。由于分数高出第二名甚远,所以,学校对我抱着极大的希望,开学典礼上,学校一次奖给我五百元奖金,佩戴大红花,并让我代表全体高三学生讲话。

那时,真的,有一种春风得意的感觉。

事情到这仍没结束,当时,我们学校考上二本的学生很多,可是,从未有一个一本出现。所以,开学典礼结束,校长专门找到火箭班班主任朱老师,又叫上我,到了操场边,指着我对朱老师道:"这是一个一本苗子,好好培养。"说着,又拍拍我的肩,以示鼓励。

我看得出,校长太需要一个一本生了。

朱老师望着他,过了一会儿,点着头道:"我尽力。"

校长急了,道:"不是尽力,是一定。"

朱老师笑着点点头,校长又拍拍我的肩:"你不会让我失望吧?"

那时,我少年心气志气昂扬,一挺胸,声音洪亮地道:"一定的。"校长很满意,对我点点头,然后很愉快地走了。

朱老师于是就把我作为定点培养对象,不时地叫出去谈话,谈农村学生跃出农门的重要意义,谈大学如何如何好,谈城市如何美丽繁华:毫无疑问,进行利诱。

谈得更多的,是学习方法。

有一天,在一块儿谈着谈着,他突然笑笑地问:"如果考上大学了,想报什么样的学校?"我毫不犹豫地说西北大学。因为西北大学文学系是培养作家的摇篮,而且培养出了一大批国内知名作家。我爱好写作,因此,为之神往已久。

他听了,很高兴,拍着我的肩道:"文章千古事,好好学,当上作家了,到时,把我也写进去。"虽然,我知道他这是鼓励,但仍很高兴。

为了心中的理想,我变成了一只彻彻底底的书虫,每天,面前的各科书籍按复习的顺序和计划安排摆好,一科看完,另看一科。

走在路上,我会记诵单词。

晚上睡觉时,我会在床上回顾白天的课程,直到沉沉睡去,一觉醒来,又去上课。

有时,也想玩一下,一次,拿了一本小说,刚看了一页,朱老师进来了,很不高兴,让我出去,交出那本书,翻了翻,对我说:"你看小说,没什么不对,但现在你的目的是考大学,考上大学,继续深造,会非常有益于你的写作。"

我无言,低着头,心里觉得这话是有道理的。

他走时,把书给我道:"拿着,我相信你知道该怎么做的。"

我回到教室,收起了小说。

我的成绩,就这样毫无悬念地向上升,大家都认为,一本,对我来说,如探囊取物一般。

但是,就如张爱玲说的那般,我在无涯的时间中,恰好遇见一事:上考场前一夜,凉了肚子,拉起肚子来,还不是一般的拉,是前赴后继浊浪排空。

坐在考场上,我简直软得如一根面条。

我的考试十分不理想。考试结束,我又病又难受,志愿都不填,就准备回家。朱老师来了,叫我出去,我满眼热泪,道:"朱老师,我——让你失望了。"

朱老师望了我一会儿,道:"昨天以前,你都没让我失望,只有现在,你才让我失望。"

然后,他拍拍我的肩,告诉我,有些事,譬如读书,你只要努力了,就无悔了;至于结果,就随它去吧。说完,他一挥手,让我好好填志愿。

后来,结果下来,我考上了一个一般的大学。走时,他送我一行字,是对罗马统帅恺撒的话的改编:我来过了,我奋斗过了,我无悔了。

一直,在人生的路上,我都记着这句话。今天,当俯案写作时,我又一次想起这句话:我来过了,我奋斗过了,我无悔了。

失败的曙光

十几岁,进入初三,她也学会了评论男生,和其他女孩一样。

那次,在聚会中,几个女孩拢在一起,叽叽喳喳,议论纷纷,谈论起班上的男生,哪个男生讨厌,哪个男生帅气。谈着谈着,话题转移到一点——他——自己的老班,那个刚刚大学毕业的大男生身上。

有的女生说,老班年轻,帅气,一笑一对酒窝,很阳光。

有的说,老班幽默,容易接近。

总之,大家都认为,这个老班很是不错,能给她们当老班,是她们的福气。

她听了,鄙夷地一笑——是真的鄙夷一笑。因为,她看不起老班。大家见了,都望着她。她扔下一句话:"过于虚伪,不敢面对失败。"

大家一时迷惑,无言以对。她却没说什么,一笑,走了。因为,只有她知道,老班面对失败是如何极力遮掩,自我欺骗的。

这事,还得从她们分班说起。

她们班,属于慢班,换言之,是成绩最差的班级。可是,老班偏不承认这些,死乞白赖,硬说上次这些学生发挥失常。发挥失常,不可能集体失常吧?可是,他就这么认为,而且还笑呵呵地说:"等着吧,将来考场上再见真章。"

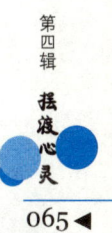

充满劲儿,一副下战书的样子,不知是给自己下呢,还是给别人。

带班不久,学校组织一次大合唱比赛,每个班都准备了,她们班也一样,做了认真准备。可是,到了比赛那天,噼里啪啦下起了大雨,因此,比赛临时取消。他听了,很是失落的样子,长叹一口气:"把一个拿奖的机会丢了。"

大家都望着他,问为什么。

他说,很简单,我们准备得很充分,只会拿奖,不会失败的。

大家听了,都没心没肺地笑了,嘎嘎的,十分高兴。只有她想,虚伪,还没唱哩,说不定败了呢。

她的爸爸是学校老师,所以,有些情况,她是非常清楚的。

还有一次,她们班的篮球队,和别的学校球队对决。结束之后,他带着大家,兴冲冲回到学校,大家问成绩如何,他高兴地说:"凯旋而归,打败了市二中。"大家一听,都睁大眼睛道:"真的吗?"忙问别人,大家异口同声:"真的。"顿时,教室里掌声如雷。

不久,她就在侦查中知道了内幕,市二中倒数第一,她们班的倒数第二,如此而已。尤为可恶的是,他竟然让所有队员保持口径一致。

尤其又一次,他的喜信,更是让大家听了,热血贲张,难以自已。

班级英语比赛结束,他红光满面,走进教室,告诉大家一个好消息,这次英语竞赛,本班出乎意料的好,每个参赛者虽没得奖,可是,班级总分很是不错。说到这儿,他笑笑,反而不说了,一脸得意。大家急得嗷嗷叫,让他说下去。他伸出三根指头,慢慢说道:"我们班名列前三名,居于第三。"

整个教室,一片欢腾,如开了锅的水。

其实,真实情况是,慢班比赛,只有三个班参加。

就这样,一件件失败的喜信,从老班嘴里发布出来,竟然光辉灿烂,大获全胜。说他扯谎吧,也没;可是,又分明在掩饰,在自我安慰;失败后,在给心灵找一点可怜的慰藉。

她性格好强,私下认为,胜就是胜,败就失败,要勇于面对,奋起直追,不然,永远难以转败为胜。因为这,她忍不住了,一次,悄悄写了张匿名纸条,塞进老班宿舍门缝:对待失败,应直面,而不是遮盖,自我麻醉,不然,我们班永远难以爬起来。

她衷心希望,老班能改,做一个完美无缺的老班。

可是,老班不改,依然如故。

一年后中考,他们班成绩出来,竟然出奇的好,甚至赶上了一些快班,让她大跌眼镜。谈到原因,同学们说,每次,在老班的喜信中,大家总会看到希望,增加信心。

她听了,默默无言。

她想,那个年轻的老班做的是对的,人生路上,失败很多,直面失败,固然很好。可是,随时给失败找一个借口,一点希望,一丝曙光,不也是一种智慧吗?

摆渡心灵

我们住在一个岛上,四周,是水,绸缎一般,一荡一荡的,荡出无限的平静,祥和。湖水虽然很美,可以游泳,钓鱼,却隔断了我们上学的路。

我们的学校,在水的那一边。

每次上学,就有一只小船,在晨雾中撑来,载上我们,也载着一船叽叽喳喳的叫声,向对岸划去。

我们坐在船舷上,脱光脚,拍打着水面,拍打出一声声的脆叫。也有的伸手下水,捞着一个个脆嫩的菱角,吃着,吃出满嘴的清香。更多的时候,我们会把菱角拿给撑船的文敏老师吃。

文敏老师腾不出手来,斜着头就着我们手上吃,吃出无限的笑意。有时,也摇摇头,说:"你们吃吧,老师忙呢。"

围绕在文敏老师身边,我们高兴得如一只只小鸟,不知道忧愁。

文敏老师是我们这个湖荡里唯一一所小学的唯一一位老师。她守着一间教室,几十个学生,还有一只小船。这小船,是她请木匠做的,因为在学校对面的岛上,还有我们几个毛孩子。

自从文敏老师来后,我们再也不用操心上学放学了;因为,有文敏老师接送。

文敏老师是哪儿的人?有说是外乡的,有说是城里来的,可我们一直都不知道。

文敏老师讲课,笑眯眯的,眼睛一眨一眨,闪着清亮亮的阳光,很好看。

卫生打扫好了,文敏老师会笑眯眯地拍着我们的脸说,真乖。

问题回答正确了,文敏老师也会拍着我们的头赞道,真聪明。

被文敏老师称赞,那种滋味,真舒服。

但我们也看到过文敏老师哭,两次,很伤心。

一次,我们学校来了个很帅气的小伙子,听别人说,是文敏老师的恋人,城里的,来让她调回去。我们听了,很着急,躲在文敏老师的窗下偷听。

文敏老师抽抽咽咽地说:"我走了,孩子们咋办?"

另一个声音长叹:"你啊,先想想自己吧,和你一块儿毕业的,哪一个现在不是在城里工作?听我一句话,走吧。"

文敏老师说:"我走了他们咋办?"

最终,文敏老师没有走,那个人走了,走了就再也没有回来。那段时间,文敏老师的眼圈红红的,我们也很难受。

我们的班长,一个笨头笨脑的小子,自告奋勇地去劝说文敏老师,说,老师,你不要难受,别人不要你,我长大了一定娶你。

一句话,让文敏老师破涕为笑。

但文敏老师并没有等到我们长大,就嫁了人,婆家就在湖荡区,离我们学校不远。

第二次看到文敏老师流泪,是一次灾难后。

那是百年难遇洪灾,水,一眨眼间就漫上了学校。文敏老师慌了,带我们上了房顶。然后撑一只船,把我们一个个撑到岸上。她做这事时,很慌,有些手忙脚乱。当我们上了岸后,她查点了人,一个不少,然后让班长带着我们,向岸上的最高处转移。自己匆匆地向家里跑去。文敏老师家有四口人,丈夫在乡上工作,家里,只有一个年迈的婆婆和一个四岁的孩子。文敏老师十分着急,在灾难面前,和所有的女人一样,没有忘记女儿,没有忘记婆婆。

可是,文敏老师最终也没有找到自己的婆婆和女儿,也没有找到自己的家。一切,都没有了。

文敏老师女儿和婆婆,从此失去了踪影。

文敏老师号啕痛哭,在床上整整躺了四天。第四天上,她下了床,摇摇晃晃走出门,看见几十个孩子整整齐齐地排着队,站在门前。我们,也泪流满面。

多少年过去了,我们所有的同学都没有忘记文敏老师,并从心里感谢她。真的,她用一只小船,不光摆渡了我们的生命,也摆渡了我们的心灵。

心灵的糖皮

他是个问题学生,不是一般的捣蛋,而是特别捣蛋。因此,每个班主任接手这个班,都对他皱眉不已,找他谈话,让他写保证。甚至,有的让他转班。

但是,一直,他都不改。

他留着长发,耳朵上打着耳钉。一次,校长看见了,让他摘了,他眼睛一白道:"这是学生人身自由,学校不能干涉。"校长气极了,把他交给班主任,希望教育一下他。谁知班主任望望他,只是笑笑,让他进了教室。

这是个新来的班主任,姓汪,脸上经常堆满笑。他想,这样的人,能奈他何?

几天后,他把一只蟑螂放在女同桌的文具盒里。原因很简单,考试的时候,这个小丫头竟无视他的存在,对他提出照抄的要求理也不理。

同桌哭着去找汪老师,汪老师来了,推推眼镜望望他。他挺着胸站在那儿,已经做好了挨训,甚至反击的准备。他想,你们不是说我是个问题学生吗,我就问题问题让你们看。

汪老师没生气,仍笑笑,对他说:"坐下吧,我没说让你站起来啊。"他听了,无言地坐下,第一次有点失败的感觉:做好了充分准备,没有用出去啊。

汪老师最终的解决办法,是把他同桌调了个位子,他一个人坐一张桌子。

这些,还不算他最大的缺点。

他最大的缺点,是爱吹泡泡糖,吹得大大的,啪一响,炸了。然后又吹,吹大,又炸。最后,嚼得没甜味了,"啪"的一声,吐在地上。时间一长,教室地板上黏着一个个泡泡糖皮,踩在上面,黏黏糊糊的,很难受,也很不卫生。

过去的班主任也批评他,他脖子一硬,说:"是我吗?谁看见?"弄得班主任无言以对,转身走了。

身后,他头发一披,得意地笑了说:"问题学生嘛,当然得有问题。"

汪老师接班后,他照样如此,把糖皮吐得满地都是。教室地板上,黑乎乎的糖皮,星星点点,让人看了,很是不舒服。

那天,汪老师让彻底打扫卫生,其中一项,就是铲掉地板上的糖皮。任务下发后,大家都争着干,有的扫地,有的抹桌子,有的擦窗子。可是,就是没谁愿意铲糖皮。班长一看生气了,望着他说:"谁吐的谁铲。"

他脸红了,脖子上的筋一根根凸出来,说:"谁吐的?我看是你吐的。"

班长气红了脸,说:"问问同学们,看究竟是谁吐的。"可是,同学们没一个人敢说,害怕他报复。

这时,汪老师笑着说:"没人铲,我来铲吧。"说完,拿出一把小刀,蹲下身子,用刀刃小心地对着糖皮四边一旋,再一铲,铲下一整块糖皮。接着,又这样一转一铲,铲掉一块糖皮。

他站在那儿,呆呆地望着汪老师,望着他满头花白的头发。

全班同学也望着班主任,静悄悄的。

班长忍不住了,忙站出来,准备去接汪老师手里的刀子,说:"汪老师,我们来吧!"

汪老师不给,仍然笑笑的,望着全班同学说:"这糖皮,不管是谁吐的,总之都是我的学生。'生不教,师之过'啊,我是班主任,有推脱不了的责任,自己罚自己。以后,如果还有,我还罚自己。"说完,又低下头,小心翼翼地铲着。铲过之后的地板,干干净净,能照见人影。

教室里,仍然静悄悄的,有的女生甚至眼圈红了。

他低着头,满脸通红,第一次安静下来。

铲到他面前,他脚前有两块。汪老师抬起头,望着他,仍笑笑地说:"让一下好吗,不然,我铲不成。"

他没让,流了泪说:"老师,我——我来铲吧。"

汪老师这次没推辞,笑着捶捶腰,把小刀递给他说:"真累了。好吧,铲净点啊。"

他点着头,蹲下,学着汪老师的样子,小刀在糖皮四边一旋,一铲,一块糖皮掉了。接着,又一旋一铲,一块糖皮掉了。他铲得很细致,也很认真。

四周静静的,突然响起了掌声:有同学们的,也有汪老师的。

他仍在铲着,一下又一下。他没抬头,泪水一滴滴滑落在地板上。他走过的地方,地板一片洁净,水洗过一样。

其间,别的同学要来代替他,他摇着头,怎么也不让。他的心里,在惩罚自己。

铲完,他站起来,回头望望,心里竟漾满一种幸福感。

以后,校园里,一个问题学生不见了,代之而来的,是一个勤奋礼貌的他。

大家都夸他变化快,出人意料。可是,他清楚,这是因为,那个下午,汪老师用一把小刀铲除了他心中的糖皮。

他的心,因此一片清洁,干净如洗。

一车花香

坐长途班车,对我来说,是受罪,因为我晕车。

但,那次例外。

那次坐车,在山路上行驶,阳光斑斑点点,水洗过一样洁净。但晕车,仍水一样漫上来,占据了我的注意力。

大约就在我的胃"集中发难"准备酝酿一次呕吐时,车上上来了一位年轻的母亲。

年轻母亲的怀里,是一个花骨朵般的婴儿,一两岁的样子,小家伙大约是第一次坐车,对什么都新奇,一双大眼睛眨啊眨的,左右流转着,双手不停地高高扬起,旁若无人地拍打着,鸭翅一样:活泼极了。

看样子,小家伙明显是个乐天派,见着什么都眍着眼睛,见着什么都

"咯咯"地笑。

突然,那双干干净净的眼睛扫向了我,不知是我的什么引起了小家伙的兴趣。那花瓣一样的小嘴慢慢张开,笑,也随着晶亮的涎水慢慢溢了出来。好可爱。

那笑天真,洁净,花香一样芬芳,让我胃里的压力慢慢得到了缓解。

我对他做了一个怪脸,他笑出了声,双腿弹动,一跳一跳的,惹得他的母亲笑了,车上的人也都笑了。

干净的笑声充满一车,也渗入每一个乘客的心里。

在年轻母亲下车之后,车内,又恢复了沉闷。我们心里空落落的,小孩离开,仿佛把快乐也一同带走了。晕车,又一次占据了我的身体。

我又一次处于一种生理机能中,甚至做好了充分准备。

车再一次停下来,花影一闪,一个小伙子上了车,坐在那位年轻母亲坐过的地方。一阵清新的花香,把我从昏昏沉沉中拉回来。

"呵,好香!"有人夸。

我睁开眼看见,小伙子手里拿着一个玻璃瓶,一瓶清水,瓶里插着几枝花,是桂花。正是桂花盛开的时候。花枝上,几朵桂花开得蓬蓬勃勃,一星星一簇簇的火黄,如电火花一样的灼眼。

这馥郁的香气,就是桂花发出的。

我贪婪地嗅了几下,丝丝缕缕的花香流入鼻孔,渗进五脏六腑。我的身心,在这一会儿,如清洗过一般。车内所有的汽油味没有了,沉重的气氛也没有了,弥漫的是整整一车花香。

从没有人会厌恶花香的,包括我,也包括我那娇柔的胃。

真的,很感谢这几枝桂花。因此,我由衷夸道:"真好看,这桂花!"

小伙子笑笑,点点头。看得出,这是一个憨厚寡言的青年。

车到了一个拐弯处,那青年下了车,带走了他的桂花。

可车厢里,仍有一袭花香,轻淡如梦,一直伴我们到站。

这次旅途中,晕车,竟奇迹般地远离了我。

以后，每次坐车，无论怎么晕车，我都努力保持着一个好心情，用阳光般的微笑，面对每一个同车人。

因为，我想到，世界是个大车厢，坐在车里，我们不能整日沉浸在个人的得失中，上车，我们应给别人带来点什么；下车，我们得给车内的人留下点什么。比如说，一个微笑，或者一缕花香。

自信的音符

他来了，一脸微笑，来到这个音乐大厅。

一年一度的音乐大赛将在这儿举行，很多音乐人才将在这儿脱颖而出，走向舞台，走向歌坛，走向大众，甚至走成一颗颗巨星，闪烁在历史的天空。

和所有参赛选手一样，他也抱着同一向往，来到了这儿。这次参赛，是挑选指挥家，指挥棒一指，钢琴二胡管箫等，随之奏响，或宛转，或悠扬。音乐声如水，也会在指挥棒下宛转曲折，流淌出来，流淌成一道优美的风景。

在座的评委，都是国际久负盛名的音乐家，都是音乐权威。

参赛曲子，就出自这些大师之手，是他们最近几天谱出来的。

大厅中，还有无数的观众，都静着声，准备享受着这场音乐盛宴，同时，那一双双眼睛，也都挑剔地注视着每一个上场的新人。

他和参赛同伴们站在那儿，抽签上场。

第一个上去了，在千万双目光下，徐徐扬起指挥棒，钢琴声，如一道溪流，款款缓缓，流淌出来。继而，其他乐器声加入，时而百鸟朝凤，时而群鸟齐鸣,时而低咽,时而昂扬。可是,突然,一个不和谐的音符跳出,划破大厅,落进人们耳中,引起一阵骚动。音乐声,也随之戛然而止。

第一个选手摇着头,没有说什么,沮丧地走了下去。

继而,第二个上台,指挥棒飞扬,音乐声如水。可是,就在极度流畅自然中,一个不和谐的音符又一次跳出,凝滞了指挥棒的曲线,也凝滞了所有的弓弦,和流动的音乐。第二个选手叹息一声,最终也垂头丧气地走了下去。

他是第三个,面对前两个的失败,他丝毫没慌,面带微笑,走了上去:他有信心,能指挥好这场演奏。

面对所有的眼睛,他眉毛轻扬,举起指挥棒。他的眼中没有人,只有音乐在流淌,只有音符在跳跃,只有花在唱歌,只有鸟儿在鸣叫。一切都很顺畅,自然,如山涧的溪水,潺潺缓缓而出,没有一丝凝滞,没有一丝阻隔。

他沉浸其中,发丝飞扬,如醉如痴。

突然,一个音符跳出,如一块石头,扔进流水中,打破了泉声,打破了鸟鸣,也打破了自然与和谐。

他愣了一下,突然叫道:"乐谱错了。"

主持人听了,微微一笑,否定了:"这是这次评委会首席评委谱的,这位著名的音乐大师会错吗?"

观众席上,观众议论纷纷,交头接耳,有的人甚至发出了嘘声。他站在那儿,没有退缩,仍一脸坚定,大声道:"大师也会错。"

大家瞪大了眼睛,望着这个不知天高地厚的毛头小伙子。

首席评委鼓起掌来,微笑着走向他,告诉他,他胜出了,这处音谱的错,是首席评委故意设置的,目的无他,就是要测试选手们的自信。首席评委笑着道:"有能力不容易。但是,有自信,有怀疑权威的自信,是一个指挥家成功的首要条件。"

果然,多年后,他成了闻名世界的指挥家。

他用事实告诉人们,自信,是人生乐章中最美的一个音符。

第 五 辑

千 年 前 的
那 位 公 仆

故园如画胡不归 / 软语化干戈 / 不是为一只虱子求情 /
千年前的那位公仆 / 赵普的失误 / 五月的屈原 / 叛徒的心理

故园如画胡不归

一

距离呼和浩特几百里地的阴山脚下,天,到这儿无限地开阔起来;地,到这儿自由地舒展起来;连茸茸碧草,到了这儿都显得那么平展,熨帖,一碧千里,绝无杂色。蓝天碧草间,风吹草动,牛羊成群。白色的帐篷散漫草中,如一个个水泡子,在阳光下闪闪发亮。

这儿,就是图尔默特草原。

在遥远的年代,在那个烟尘飞舞的岁月里,在那个鼙鼓喧天的季节里,这儿,曾是敕勒族汉子驰马飞跃的地方,是敕勒族女子轻歌曼舞的地方,是那些骑羊嬉戏、弯弓射鸟的敕勒族孩子们快乐的天堂。

来到图尔默特,来到这千里一碧的大草原,站在青草蓝天间,昂然四顾,你只感到满眼碧绿,心胸开阔,灵魂轻灵如一片羽毛,凌空飞舞,自由上下。在这儿,如果再骑一匹马,奔驰在千里草原上,仰天高歌,真有种天宽地阔,唯我独尊的感觉。这时,你才会领悟到,这儿的牧马汉子,为什么会如此粗犷豪放;这儿的草原女人,为什么会如此温情大方。

在这儿奔马高歌,最宜于歌唱的,应是一千五百年前,斛律金所唱的那支著名的歌——

> 敕勒川,阴山下,
> 天似穹庐,笼盖四野。
> 天苍苍,野茫茫,
> 风吹草低见牛羊。

二

一千五百年前,是南北朝时期。南北朝是个乱世,是一个刀光剑影金铁交鸣的时代,更是一个英雄喋血壮士扼腕的时代;是一个风火烟尘的时代,更是一个人才辈出的时代。一位史学家在谈到三国时代时,曾断言,由于乱世,人的能量发挥到极致,所以,三国时代,也就成了一个人才辈出、智士如云的年代,任何一个人物走出,都会让风云为之变色,历史为之震颤。

南北朝时期,也是如此,任何一个历史人物,都是昨夜天空的一颗亮丽的星辰。

这些人中,当首推高欢与宇文泰。

当时的高欢,把持着东魏的印把子。宇文泰呢,则占据着西魏朝廷的相位。二人形成双峰对峙、二雄并立的态势。双方都虎视眈眈,寻暇抵隙,希望找到对方的死穴,趁机挥剑而出,致敌死命,一统中原,称霸北国。而后,凭借北方铁骑,挥师南来,投鞭断江,消灭割据江南一隅的梁朝:四海之内,唯我独尊。

双方斗争焦点,放在了玉璧关。

玉璧,位于今天山西稷山县城西南五公里处。和平年代,这儿山歌阵阵,庄稼青葱,一派宁静,并非交通要道。但在烽烟滚滚的南北朝,这儿却是战略要冲。它背靠稷山,怀拢汾水,深沟大壑,环顾周遭,乃西魏国防重镇。西魏凭借此关,进,可以铁骑东指,直袭东魏陪都兼军事重镇——晋阳;后来,周武帝灭北齐,即走此道;退,则可凭此雄关,维护长安,御敌国门,伏尸百万,血流成河。

对东魏而言,此关存在,实如跗骨之蛆,令人昼夜难安。打下此关,关中平原如在目前,取关中夺长安擒宇文泰则在指掌之间。

因此,公元542年,一个秋高马肥的日子里,高欢拍案而起,力排众议,誓取此关。东魏十万铁骑,盔甲如水,刀光映日,滚滚而来。

历时六十余天的玉璧保卫战,至此拉开帷幕。

三

高欢认识到玉璧的重要性,宇文泰的认识,一点也不输于高欢,他早就防着这一手。所以,提前,他就派出自己手下最善于防守的将军——韦孝宽,去防守玉璧。

东魏的军队,旌旗蔽日,鼙鼓声声,在一个"塞上燕脂凝夜紫"的日子里,围住了玉璧。

一千五百多年前,一场惨烈的攻坚战开始真刀真枪地上演了。

高欢打算,扬鞭北来,胡笳乱鸣,三天之内,可下玉璧。甚至,他扬言,我用靴尖一踢,就可踏平玉璧。可是,这位常胜将军,这位一代枭雄,在玉璧城下,终于领略到了韦孝宽的防御手段。

三十天的轮番进攻,战士的尸体,一层层倒下,堆垒在城下。

折断的刀枪,散乱地扔在战场上,暗淡无光。逃逸的战马,仰天长嘶,寻找着自己的主人。

这是一场嗜血的攻坚,这是一场疯狂的杀戮,这是一次触目惊心的冲击,这是一次注定要让历史颤抖,要让数万慈母悲伤、寡妇落泪的战争。虽然,暗淡了刀光剑影,远去了鼓角争鸣,时间到了今天,置身这儿,面对荒郊败垒、古堡断砖,仍然让人可以清晰地听见岁月风尘中,将军的高喊,健儿的哀号,刀剑的撞击,战马的嘶叫。

三十天,三十天的进攻,玉璧仍然是玉璧,岿然不动。东魏的健儿,却大量倒下。东魏的将军们,纷纷拥到主帅帐下,劝告高欢:"退兵吧,士兵们此时士气低沉,思家心切。"

是啊,在战场上,尤其在这样的绝望战斗中,哪一个健儿不思念家乡?哪一个士兵不怀念故乡的亲人,和故乡的一切,甚至包括那儿的房屋、山水,甚至山歌?

可是,高欢拒绝了,他已失去了理智。十万大军,三十多天,没有攻下一座小小的玉璧。他不甘心,他不愿认输,不想就此罢休。

他改变了蛮攻战术,采用堆土为山的办法,堆出比玉璧还要高的土山,从上俯瞰,进攻玉璧。可是,对方更是以变应变,在城中架起木板,堆叠为墙,高过土山。并让兵士躲在木板后,对着土山上毫无躲避的东魏兵士射击。

无奈之下,高欢又眉头一皱,改用了地道战。让士兵们在城外挖起地道,暗暗通向城内。城内的韦孝宽,早已做了防备,在城里横挖地道,予以截击。

时至今日,漫步玉璧遗址,仍能看到这儿残存的地道,在黄昏夕阳下,静静地卧在那儿,向行人诉说着那场战争的惨烈。

接下来的日子,东魏军运用火攻、水攻,以及那个时代所能运用的所有攻城方法,结果,玉璧仍然高高耸立。

两个月,就这样过去,每天,都有东魏健儿的尸体,倒在城壕中,或者是刀剑下。史书记载,仅此一战,东魏战死兵士七万人。七万有血有肉的年轻人,六十天,从这个世界消失,带着他们的乡思,带着他们对亲人的无尽思念,永远地闭上了眼睛。

更可怕的是,此时,宇文泰率军横击,断了东魏军的粮道。

东魏士气,一跌千丈:金鼓低沉,旗帜不展,三军将士,喑哑无声。

为了活命,也为了远在家乡的亲人,这些不愿客死异地的将士,时时有人偷偷溜掉,甚至干脆拖着刀枪,投降了敌人。

十万大军,只剩三万,已濒临溃散的边缘。

四

终于,纵横一生的高欢,也走到了自己一生中最危险的边缘。现在,他面临的已不是如何攻下玉璧,而是能否将这一支士气低落的军队带回家,带回他们的故乡,交给他们的父母妻子。他坐在营帐中,紧锁眉头,一杯又一杯的烈酒饮下,久久不语。突然,他抬起头,望见自己身边的老将军斛律金,眼睛一亮,一个主意涌上心头,问道:"老将军,听说你会唱家乡的民歌?"

斛律金不知主帅为何问此,连连点头。

高欢连忙站起来,一拍斛律金的肩膀道:"烦请老将军为军士们高歌一曲。"说完,附耳叮嘱几句。斛律金老将军听了,连连点头,微笑允诺。

秋高气爽,战马萧萧;晋北旷野,群山肃穆;三军将士,静立无声。斛律金将军迈开大步,走上高台,白须如雪,遥望北方,他的双眼渐渐湿润起来,他仿佛看到了故乡,看见故乡的原野,看见无边的绿草,看见苍鹰在天空翱翔,看见牛羊在青草间出没,看见小伙子在马背上纵情高歌,看见姑娘们在草地上载歌载舞。他看见了蒙古包,看见了炊烟,看见南飞的大雁。终于,他流下了老泪,引吭高歌,苍凉的歌声,在秋天的旷野远远传开,传开——

> 敕勒川,阴山下,
> 天似穹庐,笼盖四野。
> 天苍苍,野茫茫,
> 风吹草低见牛羊。

在这歌声中,台下的铁血健儿们,一起抬起头,他们的眼睛,都一起望向故园的方向。故园,多么亲切的名字啊,多么牵人心魂的地方。那儿,有熟悉的微笑,有甜甜的乡音,有月下的清唱,有柔柔的爱情,有浓浓的乡俗,有温馨的亲情。那儿的每一口水都是甜的,每一朵花都是香的,每一条小路都有一串故事,每一声虫鸣都是一首诗。

故园如画胡不归?

开始,校场上,是一人苍凉高歌。接着,是千百人齐声高唱。最后,三万大军,加入这雄浑的大合唱。大家歌唱自己的思念,歌唱自己的故园,歌唱自己的乡愁,歌唱自己心中那块神圣的地方。

玉璧城上的士兵们震惊了,他们不知道这支失败的军队,此时怎么会唱起歌来。一个个侧耳倾听,不久,就明白了,一个个也热泪盈眶,加入了这大合唱,像城下士兵一样,泪下沾襟。

故乡,故乡之思,是不分攻城和守城的,是不分敌我的。只要是人,只要有血有肉,就有故乡,就有祖宗,就有根,就有乡愁乡思。

它,是人与人之间得以理解、得以交流的媒介,是人之所以为人的独特之处。

在歌声中,三万健儿,战马嘶鸣,刀剑映日,热血,又一次在他们体内奔流;希望,又一次在他们心中升起。他们拨转马头,随着猎猎的旗帜,在风尘遮天中,踏上了归途,踏上了走向故乡的路。

他们可能憎恨过主帅不该轻易发动战争,但他们绝不憎恨故乡。

他们可能曾经产生过背叛主帅的想法,但他们绝不会背叛母亲。

是一支故乡的歌啊,终于,唤回了三万在死亡边缘苦苦挣扎的游子。是乡愁,乡思,在战争中创造了一个奇迹,一个后人无法理解的奇迹。

自始至终,玉璧城里,没有军队出来截击这支濒临绝境的败军,因为,大家都知道,什么都可以剥夺,唯有一个人的乡思是不能剥夺的,一个人的回乡之路是不能断绝的。所以,中国古代兵书上说,"归师莫掩",就是这个道理。这是一种人道,一种互相理解,只有士兵才理解士兵的心,只有游子才懂得游子的情。

因为,天下之人,都有故乡。

五

一千几百年后,一个白发老人,拄着拐杖,走上阿里山的山头,任风吹着他的布袍,猎猎作响;任风吹着他的长须,迎风飘摆。

他站在山头上,此时,他可能也像当年的斛律金老将军一样,眼睛,望着故乡的地方。不同的是,他看到的不是阴山,不是草原,而是黄土高坡,是窑洞,是高大的白杨树。他听到的,是秦腔,是黄河水的咆哮,是西北汉子雄浑的信天游。

他定定地站着,任夕阳把自己雕刻成一尊雕塑,有混浊的老泪,一颗一颗滑下,落在衣襟上,落在孤岛的土地上。

多少年了,岁月老了,人老了,可是思念不老。

多少年了,漂泊孤岛,可是,根,仍在遥远的西北。他在日记中写道:"我百年之后,愿葬玉山或阿里山树木多的高处,山要高者,树要大者,可以时时望大陆。我之故乡是中国大陆。"

不久,老人撒手人寰,离世前挥笔作歌曰——

葬我于高山之上兮,
望我故乡;
故乡不可见兮,
永不能忘。
葬我于高山之上兮,
望我大陆;
大陆不可见兮,
只有痛哭。
天苍苍,野茫茫;
山之上,国有殇!

老人，名叫于右任，国民党一代元老。但是，我知道得最清楚的是，他是我的同乡，祖籍三原。

软语化干戈

三国，是个辩士纵横的时代，诸葛亮舌战群儒，张松讥讽曹操，都是大家耳熟能详的。可是，有一个辩士，大家却很少知道，《三国演义》里没有，只是在《三国志》里，陈寿才对他的口才进行了精妙的描述，让人读了，叹为观止。

这个人，叫杜袭，魏国人，在曹操手下做着一个并不显眼的官。

当时，曹操手下有个将军，叫许攸，手里掌握着军队，再仗着自己有功，所以就不把曹操放在眼里，经常讥笑曹操，且不听曹操调度。曹操很生气，一生气，就忘记了外敌觊觎，还发布命令去攻打许攸。

外敌未灭，却搞窝里反，大家都知道，曹操这次决策极端失误。弄不好，内部争斗，外敌入侵，曹操刚刚建立的政权将土崩瓦解。于是，手下都纷纷劝谏，告诉他这样做是不明智的。曹操听了，气得脸色铁青，把剑横在膝盖上，道："我意已决，请勿多言。"

这些手下，见曹操气成这样，也就一个个灰溜溜地走了。

这时，杜袭来了，曹操见又来一人，愤怒地说："我的计划定了，你不要再说了。"

杜袭微微一笑，很认真地说："你的计划如果是对的，我就帮你执行；如果不对，即使你已经定了，也应当改啊。为什么不让我说话？"

曹操一听,说道:"许攸轻视我,这口气我怎么咽得下?"

看曹操口气松了,杜袭暗暗舒口气,问道:"将军认为许攸是个什么人?"

曹操回答,这家伙,是个很平凡的人。

杜袭等的就是这句话,于是乘虚而入,接口道:"圣人了解圣人,贤人理解贤人,平凡的人怎么能了解非凡的人呢?"言外之意,许攸是个平凡的人,怎么了解你这样一位大英雄呢?把曹操狠狠拍了一把,曹操一听,非常开心,笑着让杜袭继续说下去。杜袭接着道:"现在各处都有不臣的人,许攸跟他们相比算什么?你不攻打那些人,却回头打许攸,这样做,别人会说你欺弱怕强。对外,显不出勇敢;对内,显不出仁慈。更何况,千钧弩箭,不会因一只小老鼠而发射;万石巨钟不会为一个木棍敲击而发声,现在,一个小小的许攸,怎么值得劳动你大动干戈呢?"

曹操一听,满脸放光,放下膝盖上的剑,拉着杜袭的手道:"你说得太好了,让我心里顿时透亮,好的,我听你的。"于是采用杜袭的建议,亲自找许攸谈话,拉拢双方关系,最终化解了一场矛盾。

杜袭的一席话,作用可算大了,从小处说,避免了曹操内部一次流血内耗;从大处说,拯救了曹操政权的一次灾难。

不是为一只虱子求情

这是宋人笔记中记载的一个故事:

王安石不修边幅,所以,身上卫生就不太好,衣缝中于是就寄养了些小动物,跳蚤啊虱子啊什么的。好在,这是古代文人的风雅之事,也无人大惊小怪。否则,就不会有个成语叫"扪虱而谈"了。

可是,有一次,却发生了一桩让王安石很下不来台的事。

王安石是宰相,经常在朝堂上和皇帝讨论大事。那天,王老先生口若悬河,大谈改革之事。开始,神宗还认真地听,不久,注意力就分散了,眼睛直直地盯着王安石的胡须,并不由自主"哧"一声笑了。

大臣们呢,本来也听得很入神,看见皇帝乐了,都不知是啥原因,也顺着皇帝的目光望过去,眼光停留在王安石胡须上。接着,一个个捂着嘴,偷偷乐起来;有的实在忍不住了,还咯儿咯儿的老娘们儿一般笑;有的甚至前俯后仰,笑出了眼泪。

朝堂之上,怎可如此?

王丞相不高兴了,心说,我哪儿讲错了吗,也不能这样啊?噢,你们看见皇帝笑,就拍马屁,跟着助乐啊。所以,咳嗽了一声,然后徐徐道:"大家严肃点,这里是朝堂。"谁知不说还罢了,一说,大家笑得更厉害了,连神宗这次也忍不住了,呵呵呵地弥勒佛一般。

王安石这一刻傻了,他纵才高八斗学富五车,也猜不出大家笑的原因啊。

这时,旁边一个叫王禹玉的大臣告诉他,丞相,一只虱子顺着你的衣领爬出来,在你胡须上来回散步呢。

王安石一听,臊得满脸通红,忙叫人来抓虱子。虱子抓住了,在大家哄笑声中,王安石更是不知所措,掐,固然不雅;放,实在不好意思。

站在那儿,王安石尴尬得不得了。

还是王禹玉,忙站出来,给他解了个围,说我有一首诗,是关于这只虱子的,供大家一乐,说罢,朗然吟道:"屡爬相须,曾经御览。不可杀之,或曰放焉。"意思是说,这只小东西,把宰相胡须当操场,还经过了皇帝的观赏,算了,就不杀它了,还是放生吧。说完,扯一下王安石衣袖,王安石醒悟过来,夸道:"王大人好诗,老夫恭敬不如从命。"说完,趁机扔了手中这个棘手的小玩艺儿。

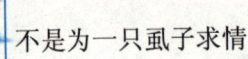

大家一听，嚄，王禹玉这家伙，算得才思敏捷，一会儿工夫，即景生情，就是一首诗，高！于是，大家一个个都跷起了大拇指。朝堂上，立时安静下来，又恢复了肃穆。

王禹玉一首诗，替王安石解了围。

这事，王安石记住了，宋神宗也记住了。一次，神宗需要一个中书舍人，即做皇帝专职秘书长的，他在脑子中把大臣齐齐筛选了一遍，想到了王禹玉，说这人才思敏捷，就选他吧。

皇帝的任命文件，在唐宋两代，是要经过宰相签名的，再加上，宋神宗非常信任王安石，所以，王安石的意见，就起着决定性的作用。

王安石拿到文件，想都没想，就潇洒地签上了自己的名字。至于原因，他事后说，这人不但有才，而且有德，用起来让人放心。

王禹玉于是就当了中书舍人，而且当得非常称职。

当时，有很多人眼馋这个差使呢。然而，独独只有王禹玉得到了。他干上这个差使，固然在于自己的才能，更多的在于自己的品德：当时，在朝堂上，在大家普遍嘲笑王安石的情况下，只有他给王安石顺势铺设了一条台阶；他怎么也没想到，自己间接地，也给自己后来的前途铺设了一条台阶。

千年前的那位公仆

刘宽是东汉桓帝时的官员，当过刺史、太守，也就是市长省长级别，最后做到中央大员——太尉，那已不是省部级了，应是中常委。

在他身上,发生过一件新鲜事。

那时,他还是刺史,以今天的职位来说,该是个市长,一个不小的官。是市长,就要下乡检查工作啊,要体察民情。于是,刘市长坐着他的小车上路了。当然,他的小车也不是今天的小车,是一头牛拉一辆破车,有一步没一步的。大概他下乡没有前呼后拥,没有警车开道,也没有秘书跟从,更没有记者拍照。总之,孤零零一个人在路上走。

因为,接下来发生的一件事足以说明一切。

一个种庄稼的农民,拦住了刘市长的车子,他不是来欢迎的,不是来献花的,也不是来告状的,是来找牛的。他看见了刘市长的牛,咋看咋像他的,所以,他就要拉走。反过来说,他大概认为刘市长这家伙不地道,是个贼,偷了他的牛。

刘宽笑笑,没有分辨,下了车子,让他拉走了牛。

这个农人赶着牛,兴冲冲跑回家,却瞪大了眼,他那头跑丢了的牛,不知什么时候又回来了,而且好好地卧在牛圈里,懒洋洋地嚼着青草呢。

他瞪着大眼,猛地醒悟过来,拍着自己的头,连连道:"错了,错了。"忙忙地赶着刘宽的牛,又跑了回去。远远地,看见那位没牛拉车的老头子,还站在路上转着圈子,不停地挠头,大概在想,怎么把他那个破车子弄回家吧。

农人很不好意思,把牛送了回去,连连道歉,说实在对不起,把你老先生给冤枉了。

刘宽笑笑,说,没有什么,牛长得一样的太多了,错就错了嘛。说完,套上车,坐上去,又去完成他还没有完成的光荣使命去了。

这,是史书上记载的,真真实实的事件,发生在一千几百多年前的汉代,今天我们读来,仍感到分外亲切。在这件事情上,我们也领会到,有些名词不只是某些官员装点门面的招牌,而是真真正正地曾经发生过。

赵普的失误

赵普是宋代开国宰相,老来曾经有言,平生只读一部《论语》,以半部佐太祖定天下,以半部助太宗致太平。话说得很谦虚,但更多的,则是一种自豪,一种功成名就的得意。

翻阅历史,作为一代名相,小处自不待言,大的贡献,赵普无外三件。

其一表现在陈桥兵变中,出谋划策,助成赵匡胤黄袍加身。其时,是公元960年,一代雄主周世宗刚刚离世,中原又成动荡之势:周朝少主以七岁小屁孩临朝;北方辽国虎视眈眈;国内军阀多怀观望;北汉政权,在辽的翼护下,没有一天忘记过夺取中原。此时,正所谓主少臣疑、四海汹汹之时,少有变动,世宗所开创的事业,又成泡影;中原,又会重新陷入战乱。立一有为之君,继承世宗统一大业,给百姓一个休养生息的机会,实是当务之急。

谁能力挽狂澜,此时,很多人注目于赵匡胤。可仍有一些人心怀犹豫,难以定夺。此时,赵普站了出来,一番宏论,拨云见月,他说:"主少国疑,难以定众。点检威望素著,中外归心,一入汴京,即可正位。"一句话,给了众人一颗定心丸。抛开私心而言,赵普支持赵匡胤,推动了一个时代的发展,否则,中原统一,至少还得推迟一二十年。

其次,是杯酒释兵权,消除了军阀混战的隐患。节度使掌握兵权、财权,进而割据一方,自唐朝玄宗开其恶例之后,近两百年来,百姓受尽此害,国家也因此陷入四分五裂之中。

一个节度使,掌握一州或几州,甚至十几州军、政、财权,从而大权独握,生杀予夺,我行我素,与中央政权分庭抗礼,割裂山河。于是,分裂与统一的战争,一直成为唐中期到宋初的主要大事。处于战火频仍下的百姓,难以生产,生命无着,流离失所,苦不堪言。

有军阀就有战争,有一个节度使就曾堂而皇之地大言:"天子宁有种乎?兵强马壮者为之耳。"

扫除一两百年来的军阀割据,不是一朝一夕之功,但宋代就做到了。这和赵普的谋划有着紧密关系。建国之始,赵普就积极建议,并出谋划策,演出了历史上最有名的一剧,即被后世史学家所积极称道的"杯酒释兵权"。

"杯酒释兵权"的前一天,太祖和赵普在便殿乘凉时有一番对话。太祖道:"自唐季以来,八姓十二王,篡窃相继,变乱不休,朕欲与民休息,定一个长久计策,卿认为如何而可?"赵普回答:"以臣愚见,五季变乱,统由方镇太重,若将他兵权撤销,稍示裁制,何患天下不安?"一语中的,百年承平,由此奠基。赵普之功,可谓大矣。

其三是用人以才,直言敢谏。赵普有魏征风骨,能直言进谏。史载,赵普一日进谏太祖,奏章递上去,太祖不允,赵普就站在殿外不走,惹得太祖大怒,撕毁奏章,扔在地上。赵普弯腰拾起来,回家粘贴一番,第二天又送了上去。

太宗任用奸佞弭德超,误信并罢免了当时的名将曹彬,满朝没一个人敢为曹彬辩解。唯有赵普,奏章连上,替曹彬辩冤,方使太宗收回成命。

但是,作为一个国家宰相,赵普身上,又具有一个大臣所最不应当具有的缺点:贪财、受贿。

当时,国家禁止在秦陇一带贩运大木。作为一个国家法令的制定者,赵普知法犯法,私自让下属去采购大木,从中赢利。太祖知道后,非常生气,当即就准备罢免他的相位,由于别人劝阻,才隐忍下来。

如果说,这还不算严重的话,另一件,则简直可以称之为潜通他国了。

当时的吴越国,名为宋的藩属,实际是自成一国。为了本集团的利益,吴越王钱俶结好赵普,不但书信来往,而且屡次赠送东西。一次,太祖突然造访赵普府邸。赵普刚刚收到钱俶十瓶礼物,来不及收藏。太祖问是什么,赵普说是海鲜。太祖道:"海鲜必佳,何妨一尝。"打开,是黄灿灿的瓜子金。

太祖很不满,叹息:"他的来意,大概以为国家大事,统由你书生做主。"不久,就罢免了赵普。

后代的史学家评论这点,总认为是赵普读书太少,不通时务所致。这未免为迂阔之言。赵普不少见识,而且眼光独到,目光敏锐。他之所以受贿,倒不是读书太少,而在于私心太重。

宋代文官俸禄很优厚,一个宰相,更是不在少数。不知赵普要那么多东西,准备何用。更不知道他死后,可曾带走一文。但历史,却清清楚楚地记下了这两笔,让后世叹息不已。

人,无论怎样才能突出,一有私心,即落下品,即使能力如赵普者也概莫能外。后世公仆,实在应当以此为戒。

五月的屈原

五月的江南,天,一定蓝得如水;水,一定净得如情人的眼睛;五月江南的花儿,一定嫣红如江南女儿的面颊。

五月的屈原,就站在江南的山水间,站在江南的阳光下。

那天,是五月五日,在中国,那时是一个很平常的日子。

他来了,丢弃了他的马车,可剑还带着,高高的帽子还戴着。身上,那一刻,不知佩戴了香草没有。他走得很沉重,也走得很坚决,一直从远处的山雾中走来,从民歌声中走来,从遥远的故都走来,走向这儿,走向一条江,一条不太出名的江。

身后,有喊声,长一声短一声,在五月的天空飘荡。

他没有回头,但他落泪了,泪水滑过脸颊,落在五月的江南,落在五月江南的土地上。江南啊江南,总是美得那样惊人,美得惊心动魄。这儿的山温润如玉;这儿的水清滑如脂;这儿女孩的微笑软糯如酒,轻轻一旋酒窝,就会醉透整个人心;这儿的山歌,柔柔一曲,就是一首醉人的诗。

美丽,总是与多灾多难相连。

鼙鼓声声,金铁交鸣。美丽,在血中毁灭;鲜花,在马蹄下凋谢;女孩的微笑,在刀光剑影下凋零。

长太息以掩涕兮,哀民生之多艰。

可是,楚国的宫廷一片歌舞音乐,听不到这声叹息;听惯了阿谀奉承的耳朵,听不惯刺耳的忠告;被温软甜腻的胭脂水粉浸酥的身体,难以承受战鼓的惊吓。

一把火,把一个繁华的都城付之一炬。

一把火,也把一个伟大的希望变成了灰烬。

声音喊哑了,所有人都在沉睡;呐喊声穿破千年的时空,能喊醒几人?所有的人都浑浑噩噩,只有一个人清醒。

一人独特,就是另类。是另类,理所应该受到如山的打击,如蛇信一般的中伤,如刀剑般的迫害。要么,让其跪倒;要么,让其毁灭。

"世人皆醉兮我独醒,世人皆浊兮我独清",这是屈原的悲哀,是每一个特立独行者的悲哀,是每一个"木秀于林"者的悲哀。

诗人屈原,终于成为高层社会的孤家寡人,成了每一个人眼中的疯子,成了一个四海为家的流浪汉。

只有一条水,一条洁净的水,等待着他,亲近着他。

这是一条清清的来自民间的河流,在江南的大江大河中,她不出名,甚至有些卑微,她就像生于江南山水间的子民一样默默无闻。但是,她显得那样温顺,那样善良,她慈眉善目地流着,在夕阳下,呈现出一派江南儿女羞羞涩涩的样子。她的旁边,叶绿如洗,花红如染;几只打鱼船柳叶一样从水面漂过。

这样一条温柔的水,又这样博大宽容,她如一位母亲,在等待着五月的诗人,五月的游子。

她一定知道,他累了,他的嗓子喊哑了,他的身心疲惫了,更重要的是,他的心已千疮百孔;他想休息了,找一个地方,舒适地睡去。

一生,他都颠沛劳累。

他仿佛就是为了感受灾难而来,仿佛是为这块多灾多难的土地而生。一块历史悠久的土地,一块物质富裕的土地,一块血肉丰满的土地,是不能只生产粮食、丝绸、青铜和牛羊的,它还应该生长另一种东西,一种物质以外的东西。这种东西,应流布于江河湖海,充溢于天地四方,贯穿于每一个人的血脉灵魂之中,让他们站起来是座山,倒下去是座碑。

江南的山水啊,如圣母献出圣子一般。现在,那位圣子背负着太重的精神枷锁,已经不堪重负了。那么,就让他回家吧。

五月的汨罗,慈眉善眼地望着诗人,如一位母亲望着自己的儿子。她看着他一步步走过来,走进水里。清白的江水接纳了他,抚摸着他的腰,抚摸着他的脖子和头。

只有一个花环,在水面上漂啊漂,漂在五月的水面上。

只有山歌,楚地的山歌,在远山悠扬。

汨罗江,温柔地接纳了诗人,同时,诞生了一个节日:端午。

每一个端午节,吃着粽子,赛着龙舟,每一个中国人的血管,就变成了一条汨罗江;每一个中国人,也就变成了一个屈原。

叛徒的心理

1940年,是抗联抗击日寇十四年中最艰难的一年。是年,抗联一路军军长杨靖宇将军在三道崴子被日军围住,英勇战死。死后,日军将将军战死的照片印发几麻袋,到处散发,将将军的头颅割下,挂在城门上示众,后送往伪满洲国首都盛京(长春)请赏。

杨靖宇将军,在抗联中具有极大的威信,是抗联的一面旗帜,也是东北军民抗日的一面旗帜,始终高高飘扬在白山黑水间。

杨将军一死,抗联一路军在随后的日军追剿中,几乎完全被消灭。另外的几路抗联队伍,在日伪的围剿下,无法在国内立足,纷纷撤向苏联。

杨靖宇将军之死,究其直接原因,不是死在日军手中,竟是死在叛徒手中,其中,对杨将军之死,负最主要责任的,应是程斌、张秀峰、张奚若、白万仁和王佐华,他们,清一色都是抗联战士,是杨将军的下属、战友,甚至有的还是杨将军的左膀右臂。

程斌,是杨将军手下一师师长,一路军主力中的主力。

程斌初中毕业,不久加入抗联,从军之后一直跟随杨靖宇,很能打仗,算得一个能文能武的人。他对杨靖宇本人了解很深,了解到什么程度?据说一听枪声就知道是杨靖宇的。投降日军后,在追剿杨将军的过程中,他常常凭猜测就能知道杨将军的大致去向。据关东军档案记载,程斌投降以后,第一件献给日军的礼物,就是带领日军摧毁了抗联的补给生命线——密营,让杨将军处于弹尽粮绝的死亡边缘。密营,是抗联在深山老林的秘密宿营地,储存粮食、布匹、枪械、药品等赖以生存的物资。是杨靖宇的独创,更是抗联孤军对抗日寇长达十四年不败的重要原因。

程斌投降,给抗联另一个致命打击,就是抗联从此处于疲于奔命的境况。过去,日军追剿抗联,不敢在山林里过夜,怕抗联夜袭。所以抗联白天再艰苦,晚上可以喘息、休整、转移。但程斌懂得如何对付抗联的夜袭,带着日军部队,敢于在晚上连续追击,这使抗联处境分外艰难,也是抗联战斗力大减的重要原因。

可以说,身经百战、善于转移的杨靖宇将军的部队被打散,杨靖宇被穷追不舍难以脱身,如果没有程斌,鬼子根本做不到。

是程斌,一手导致了杨将军的死。程斌后来在伪军中一路高升,可以说,是杨将军的血,还有抗联战士的血,染红了他汉奸的顶戴。

张秀峰,是杨将军的警卫排长。15岁时,张秀峰投奔杨将军,将军知道他是孤儿,就着意照顾他,并对他说,我没有孩子,你就是我的孩子吧。教他读书写字,并照料他生活。但是,就是这样一个被将军视为儿子的人,在杨将军最艰难的时候,偷偷拿走杨将军的机密文件,还有抗联经费,投降日军。从而使日军很快缩小了对将军的包围圈。

前两个汉奸,把将军逼上绝路。而后面几个,则是直接杀害将军的凶手。

杨将军直接死因,是机枪扫射而致。根据后来史料证实,将军死后检查,除了左腕被打断外,其余地方没有致命伤。致命伤在腹部,一排弹洞,均为机枪扫射。

这个扫射杨靖宇将军的射手,就是张奚若,原抗联一军一师的著名机枪手。据后来张秀峰回忆,事后庆功宴上,张奚若曾夸耀,自己一个点射,齐排的子弹射在将军腹部。

也就是这个张奚若,和副射手白万仁、弹药手王佐华,三人一起铡下杨将军的头颅。

杀死杨靖宇将军,在日军面前,实在是立了大功。但,在中国人眼前,简直是不齿人类。

多少年后,凤凰台采访东北的民众,有一个老人对着记者讲起程斌投降的事情,仍然清晰如昨:程斌开始时,面对敌人的劝降,态度非常坚决,拒不投降,并且当场还枪毙了几个倾向于投降的人。但是,随着抗联处境的艰难,他动摇了。就在这时,日军将他的亲人全部捉去,让他大哥去劝降,一次没成,二次时,他大哥质问他:"你是要抗日,还是要妈?"

程斌很干脆:"要妈!"就投降了。

所以,很多人觉得,程斌是个汉奸,但也是个孝子。这其实是只看到了事情的表面,而没有看到事情本质。事情的本质是,程斌当时动摇了,面对艰难处境。但是,他要给自己的投降找一个堂而皇之的借口,也就是一个很体面的台阶,而孝顺,在他看来,是一个很好很好的台阶和说辞。于是,他大摇大摆地扑进日军怀抱,去干伤天害理的事情,而毫无愧色。

中国古人说过,自古忠孝难两全。当两者相矛盾时,理所当然,取其重者大者可也。从这一点来说,对国家,程斌不忠;对母亲,程斌也未必孝。

程斌投降后,他母亲拒绝和他相见。他的老外婆知道后,活活气死,死前,嘱咐家人:"生不用贼养,死不用贼葬。"然后,含恨而终,程斌没敢回去送葬。而且,投降日军之后,至死,他也再没有回过故乡。他知道,故乡那块土地,已经不再愿意收留他这样一个肮脏的魂灵了。

在杨靖宇将军死后,那群围剿杨靖宇将军的凶手在一起拍了照。程斌脸上挂着笑,但却站在人群后面,并不是特别舒畅的样子。我想,此时,他大概已经隐隐约约为自己未来的命运开始担心了吧。

日军投降之后,程斌惶惶不可终日,在逃往关内前,找到他的那几个臭味相投的朋友,非常伤感地说:"我们混人,没有混成人,混鬼,也没有混成鬼。"其实,从投降日军那天起,他就成了鬼了,而且鬼得非常彻底。然后,一再嘱咐那几个人,以后不要再相互来往。他以为,如此就可以逃脱历史的惩罚,可是不久,就在北京被抓获,并在承德被审判枪毙。

张奚若在击毙杨将军后,只在酒筵上醉后夸过一次口,以后,闭口不谈,甚至日军的奖赏也没敢要,并且反复嘱咐白万仁与王佐华,不要承认杨将军是他们打死的,要说,就说是自杀的。杨将军在东北民众中,享有极高威望,他们知道,一旦东北人民知道真相,自己日后将死无葬身之地。

这,也是一直以来,大家认为杨将军是自戕的一个主要原因。

新中国成立后,张秀峰、张奚若、白万仁、王佐华都进了监狱,为他们当年的罪恶,接受了法律给予他们的惩罚。

硝烟散尽,尘埃落去,死去的,有的留名千古,有的遗臭万年;活着的,也已白发斑斑,仍在咀嚼着当年的苦涩记忆。

八十年代时,当有记者采访还在服刑的白万仁时,白万仁摇着花白的头发,痛苦地道:"我们这帮人呀,其实自己都知道,不得好死,像我打一辈子光棍,蹲半辈子监狱;王佐华也打一辈子光棍,还在监狱里,这都是报应。"言外之意,做了坏事之后,时时都知道,惩罚迟早会来的,只是不知道在哪一天到来而已。

原来,当叛徒,也并不是很舒心的,时时在等待着惩罚的利剑斩下那一刻,那么,同样知道有一死,为什么当初就不选择站着死,硬气地死,死个人样子。

这些,他们没说,只有历史替他们说。于是,历史,就毫不留情地把前者定为民族英雄;把他们,理所当然地定成了叛徒、汉奸,不知道他们听到后会怎么想。

有人说,杨将军死前长叹的最后一句话是:"这些天我遇到的怎么尽是这号中国人?"话里,有伤感,有无奈,也有一种孤独。由这句话里,可以想见将军死前,心情是何等的沉重。但对我们后世的中国人,听了,我想更多的应当是一种惊醒,一种当头棒喝。

做人啊,有时,是伟大,还是渺小,往往就在那一念间。

第 六 辑

一鞭抽转历史

两个人的绝唱 / 一鞭抽转历史 / 末座升上座 /
浑蛋的力量 / 智慧在刀尖上开花 / 大度不是傻 / 钓鱼城奇迹

两个人的绝唱

那年四月,樱花如雪。

在香港一座临江的小楼上,一个青年在写信,信是写在一条白布上的,叫《与妻书》。几十年后,这篇以泪和血写成的信,摆在了陈列馆,供人瞻仰;同时,也成了海峡两岸教科书中的内容。

写信的,是黄花岗七十二烈士之一的林觉民。写这封信时,他二十四岁。

收信的是他的妻子,一个二十三岁的少妇,名叫陈意映,一个如水的名字。

一段凄清的爱情,成为绝唱。一封绝笔信,也成了中国情书的绝唱。

多少年后,在福州鼓楼区杨桥路86号,游客们找到了《与妻书》中的屋宇,依然黑瓦白墙,顽强地挺立在现代的楼群中,在夕阳残照间,仿佛还在回味着那个远逝的故事。

在网上,我特意地寻找到了这对夫妻的照片。

林觉民一脸书卷气,眉青如剑,是历史课本中常见的那张,年轻、潇洒、英气逼人。陈意映的照片是第一次见到,人如其名,婉约如一朵白菊,圆脸,大大的眼睛,给人一种清灵之气,眉梢皱起,淡淡的,有一种婉约之美。

这是一个古典社会走出的女子,她身后留下了一卷诗文,可见,是才女。

才女遇才子,自是一段天撮姻缘,他们结合时,林觉民十八岁,陈意映十七岁,正是情窦初开的年龄。一对新人,一段幸福的日子,以至于林觉民走向起义的前夕仍眷恋地回忆"初婚三四月,适冬之望日前后,窗外疏梅筛月影,依稀掩映,吾与汝并肩携手,低低切切,何事不语?何情不诉?"在那个社会,父母之命,媒妁之言,能得一佳偶,赏梅吟诗,踏月清谈,该是一种多么浪漫的幸福啊。

至今,他们的双栖之所仍在,可是岁月如水,人去楼空,空有两帧照片相对。

二人结婚之后的卧室,在后厅旁的一个小厅边,房小仅容一床一桌。至今,那儿仍是一张木床,一床蚊帐罩着。蚊帐是素白的。一切都朴素、干净,一如有人还在这儿居住,刚刚离开一般。

站在房中,侧身倾听,好像还能听到卿卿我我的声音,在房子内荡漾。

在这个房内,他们仅仅生活了六年,六年中,也是离多聚少。1906年,二人结婚,婚后不久,林觉民即离别新婚妻子,东渡日本,再不久,参加了同盟会。

多情如陈意映,离别之际,自是泪眼婆娑。

1911年,林觉民从日本回来,是相聚,也是久别。从此,两人永远分离,几天后林觉民随黄兴攻入两广总督衙门,后在参战中受伤被俘。这次起义,林觉民牺牲了两位堂兄弟林文、林尹明。

林觉民也腿部受伤,被捕后不久被处以死刑。

在监狱中的那几天,林觉民不吃不喝。在大堂上,他潇洒依旧,不会广东话,就大声用英语宣传革命宗旨,让一群清朝官员既怕且佩。水师提督李准,在林觉民咳嗽时,亲自拿痰盂伺候。两广总督张敏岐长叹:"惜哉,林觉民,面貌如玉,肝胆如铁,心地光明如雪。"几天后,他昂首阔步,走向黄花岗,走成一座纪念碑。

有人把一生活成刹那,而他却把二十四岁活成了永远。

林觉民死后,那封信才辗转传到陈意映的手中,已成遗书。

也不知那是个早晨,还是黄昏,陈意映终于收到那封信,那封以男儿情和英雄血写就的爱的宣言,那是两种感情的搏斗,两种选择的争战,毫无疑问的,林觉民选择了死,从而选择了伟大,选择悲壮。

那是一个悲壮的年代,也是一个热血沸腾的年代。

那是一个病态的社会,却又是一个产生英雄的年代。

林觉民死后一年,陈意映也香销玉殒。那年,她也24岁,和林觉民一样大。

二人死去之后百年,有的人竟为陈意映叫起屈来,以为嫁给林觉民是一个悲剧,是一个人为了成就另一个人的完美,而贡献出全部的青春。言外之意,是陈意映成就了林觉民的英雄之气,男儿柔情。

看到后,让人愕然。

其实,起初,陈意映大略就知道林觉民在干什么,而且很可能采取了默许的态度。黄花岗起义前夕,运送武器,就准备让陈意映参加,只不过她有身孕,才让别人代替了。可见,对参加革命一事,林觉民也并没有特别隐瞒妻子。

在《与妻书》中,林觉民回忆道:"六七年前,吾之逃家复归也,汝泣告我:'望今后有远行,必以告妾,妾愿随君行。'"由此也可看出,陈意映隐隐已知道丈夫所从事的事业。她没有拦他,仅仅是希望跟他一块儿参加。

她是心甘情愿地献出了自己的爱情、自己的丈夫。从这一方面说,她算得上一个巾帼女子了。

至于谁成全了谁,谁吃了亏。这,是商人的看法,是我们今天坐在计算机前才计算出来的结果。至于当年,他们可能做梦也没有想到过。英雄和庸人的区别,大概就在于此吧。

一鞭抽转历史

毫无疑问,那是一场恶战,其凶狠程度,惨烈态势,都出乎后人的意料,让人听了,瞠目结舌。这场恶战,后世的史学家们将之称为河桥之战。

时间,是南北朝时。

战斗双方,一个是东魏大将,后来乱梁的侯景;另一方,则是西魏权臣宇文泰。

这是一场生死决战,这是一场流血漂橹的战斗,这更是一场注定要改写历史的战争。战争的具体时间,是538年。战场,就摆在洛阳之外的原野上。

开始,宇文泰占了上风。

宇文泰挥动大军,盔甲如水,斩将搴旗,杀掉高欢大将莫多娄贷文,赶走骁勇无匹的侯景,宝剑锋刃闪耀,直指洛阳,准备攻坚。

侯景大败之余,眼珠子发红,带着十万大军,开出洛阳,北据河桥,南依邙山,进可攻,退可守,盔甲映日,戈矛遮天,号角声在洛阳郊外的原野上沉闷地响起,准备教训教训宇文泰。

两军相逢,勇者必胜。

可是,如果双方都是勇者,都是百战精兵,那就只得剑尖相撞,针尖对麦芒了,那也必将是一场惨烈之战。战场上,一时鼓声喑哑,号角嘶鸣,战士们的刀枪相撞,天地变色,风云凝滞。

只有一轮血红的夕阳,在天宇映照,映照着天,映照着水,映照着战场上拼力厮杀的将士。

就在战斗进行得最激烈时,"嗖"的一声,一支箭飞来,不偏不倚,射中西魏一个骑兵的军马。那匹马儿一声长嘶,一尥蹶子,扔下那个骑兵,扬鬃飞驰,一刹那间跑得没影了。

这个骑兵倒在地上,龇牙咧嘴,痛得爬不起来。

更糟糕的是,东魏大军一见,发一声呐喊,潮水一样涌来,逼向他。这个骑兵倒在地上,闭上眼。他知道,此时,自己如果真的有一双翅膀,生长在腋下,也绝对难以飞离这儿,飞离刀剑林中。现在,他面前的路只有一条——死。

甚至,他能感觉到,死神在他面前嘿嘿大笑了。

就在这时,他的旁边,一个人跳下马。这个人,是西魏一个都督,名叫

李穆。

李穆没拔刀,也没拉弓,他不是来救助这个骑兵的,相反,抡起马鞭,狠狠抽了一鞭这个士兵,睁大眼睛,气愤地叫骂道:"你这个糊涂的警卫,你们的大行台(宇文泰的官职)跑了,你怎么还留在这儿?"

东魏士兵们一听,原来,倒在他们刀剑下的,竟然是一个破警卫。再一听,天哪,宇文泰跑了,听这个拿鞭子人的叫喊内容,看样子还跑得不远,那要是捉住了,可是一个大奖赏啊,一生一世都花不完。

大家忙掉转马头,"哗"的一声,潮水一样追了下去。

李穆见大家走了,赶忙过去,扶起这个倒地的骑兵,拉了一匹马,扶他上马,两人快马力鞭,趁此机会,突出重围,逃得性命。

这个士兵,不是别人,正是东魏士兵们红着眼珠子,要到处捉拿的宇文泰——西魏的三军总司令。

后来的结局,历史上一点一滴记载得很详细,也很明白。

宇文泰突围之后,带领援军,反攻回来,最终取得河桥之战的胜利。

三十八年后,也就是公元576年,北周灭掉北齐,统一中原。那位北周皇帝,名字叫宇文邕,是宇文泰的第四个儿子。在这个基础上,不久,夺得大位的杨坚,出兵江南,灭掉了陈,统一中国。而举世瞩目的大唐,就是在大隋的废墟上,如一颗北斗星,冉冉升起的。

如果,当日没有李穆的那一鞭,以后的历史,就可能不会这样写了。

李穆的一鞭子,说抽转了地球,可能有些夸张,可要说抽转了历史,则一点水分也没有。一个小小动作的作用,竟然如此之大。仔细想想,我们谁还敢轻视自己平时的一举一动吗?

末座升上座

有件尴尬事,发生在南宋乾道二年十一月。

当时正是隆冬,大雪纷飞,但是有一个人却要远行,出使金国。这人叫薛季益,是权工部侍郎,以今天的官职来说,是一个代理副部长。

南宋时能够出使金人的使者都是分量级人物,如范成大、杨万里,都是一例。

薛季益也是这样一个人。

他有学问,在士林中声誉很高;有品行,典型的强项之人,总之是最合适的人选。这样的人远行,各部部长都给面子,纷纷赶来饯行。

六个部正副部长,总共十二人一桌。

当时著名文人洪适也在座,是个副部长。

既然是饯行,薛季益就是客人,无论如何都应坐在客席上。当时安排座位的是一个叫陈应求的部长,对着薛季益一拱手微笑道:"薛兄远行为客,请坐客席。"

薛季益连连摇手:"下官叨陪末座,已是过分,万不敢坐客席。"

原来南宋人坐席有个规则,和我们今天相同,坐席按官职大小依次而坐,官最大品最高者坐在客位上。

在座之中,当时品级最高的恰是陈应求。

陈应求当然不能,心说过去可以,今天怎么行?如果自己一坐,别人

会怎么看自己,评论自己。因此又一次揖让,请薛季益千万别客气,务请上座。

薛季益的强项不只是表现在日常工作中,在坐席上也表现得淋漓尽致,无论如何也不上座,并道:"过去都有顺序,今天为啥不这样?"这话说得有点露了,语言中有点不满了:过去不让我,今天也别让了。

陈应求听了,脸红了,心说咋的,对我过去坐客席不满,故意找我的碴。这样一想,态度更坚决,今天这客席无论如何也要让薛季益坐,就说:"今儿个,薛大人你一定要坐。"

薛季益道:"无论如何,下官都不敢坐。"

两人在那儿互相谦让着,语言越来越僵,脸越来越红。在座客人见了都十分尴尬,劝说陈应求固然不好,劝薛季益也好像大大不妥。

一桌欢宴还没开始就要冷场。一群朋友加战友,看样子要产生隔阂。

这时,一位同事眼睛一转,转头对洪适道:"洪兄才思敏捷,能不能出一典句给这两位大人开解一下。"

宋人喜好谈章论句,听了这话,一时都忘记了揖让,回过头望着洪适。

这是一道难题,仓促之间,用一句话,既要切题,又要劝客,还要用典,实在不容易,连陈应求和薛季益也替洪适暗暗着急起来。

洪适一笑,喝一口茶笑道:"孟子不云乎?庸敬在兄,斯须之敬在乡人。侍郎姑处斯须之敬可也,明日以往,不妨如常时。"这话意思是,孟子说,讲究礼节是看情况的,到哪个地方按这个地方的风俗,听那儿的长者安排办,你为什么不按照这个说法做,姑且受大家一次尊敬,过了今天,以后再恢复过去的次序不行吗?

话说得很巧妙,首先是规劝,以圣人的话来说,对饱读诗书之人最有说服力。

其次,是批评,什么都是灵活的,礼节也是这样,千万别不知变通啊。

再次,暗暗劝说,大家尊敬你,来饯行,千万别扫朋友的兴。

薛季益一听,哈哈一笑,一拱手对陈应求道:"恭敬不如从命。"坐了客席。陈应求也哈哈大笑,入席而坐。一场欢宴,终于开始。

洪适一句话,给尴尬找个台阶,也给友谊找了个台阶。

浑蛋的力量

华元是春秋时宋国的一位将军,指挥才能看样子不怎么高明。因为,历史名将录里,没有他的人名;历史上那么多赫赫有名的战役中,也没有他的身影。

在历史上,他不是凭借战争名扬史册的;他的名字能够流传下来,得益于羊肉。

羊肉,在历史的宴席上,大概一直受到人们的青睐,和鱼一样,形成双峰对峙,引得无数食客大吞馋涎。否则,就不会出现那个"鲜"字。

毫无疑问,春秋时期,羊肉,也同样是道美味佳肴。因为,接下来的事情,就是很好的证明。

一年,具体时间是公元前607年,不知什么原因,楚国和宋国闹翻了。两国国君一怒,各自集结部队,准备以铁血方法解决问题。两国军队,在各自主帅率领下,摆开阵势,准备决一雌雄。

楚国的将军,在这儿无须介绍,因为,他和本文无关。

宋国的领兵大将,就是华元将军。华元将军统率着部下,车辚辚马萧萧,开赴战场,手一挥,大军停下,就地驻扎。

因为,两军已经约定,明日大战。

华元将军想,既然明天作战,今天干什么?对,给士兵们改善一顿伙食,让大家高兴高兴,明天上了战场,甩开膀子大干,大败敌人,凯旋而归,岂不更好?

要改善伙食,吃别的东西,引不起士兵食欲,也体现不出华将军的爱心。吃什么?他反复思考,最终一拍桌子,对,就吃羊肉。

一旦决定,华大将军做起事来雷厉风行,叫来军需官,吩咐赶紧准备羊肉,给士兵们打打牙祭。

军需官当然急忙去办去了。

当天,宋军军营中,羊声咩咩,磨刀霍霍,简直赶上了屠宰场。不一会儿,一处处军帐中炊烟升起,挟带着一缕缕羊肉香,顺风飘到楚军军营中,馋得楚军士兵大吞口水,恨不得把自己舌头咬下当羊肉吃。

宋军士兵的晚餐,一人一大碗羊肉。吃得这些士兵个个满嘴流油,满面红光。

华元将军也坐在桌案前,一边饮酒,一边啃着羊腿,好不快活。

整个宋军营帐中,只有一个人没吃上羊肉,拿着个空碗望着大家。这人,就是华元的车夫羊斟。现在,给首长当司机,走到哪儿,就是准领导,很牛气。可在那时,领导的司机,身份最低下了。这个羊斟,就因为是车夫,华元命令,他的羊肉就免了,不给吃。

羊斟馋得慌,去找华元道,将军,大家都有羊肉,怎么没有我的?

华元一边啃羊腿一边回答,你一个车夫,凭什么要吃羊肉?羊斟说,都有啊,你就下命令也给我一份吧。华元坚决摇摇头,士兵们吃肉,理所应当,你一个破车夫,地位最低下,凭什么吃羊肉?所以,又一次,他毫不客气地拒绝了。

羊斟不死心,说不给羊肉,就把煮熟的羊头给一个啃啃吧。

华元一拍桌子,恼怒了,羊毛也没有。

羊斟点点头,拿着那只空碗,出了军营,看着别人大嚼羊肉,自己只有委委屈屈的,弄了碗泡饭吃了。

第二天,战斗开始,宋楚两军摆开阵势,战鼓敲响,号角吹起。宋军的战鼓格外响亮,士气也格外高昂:羊肉产生的能量,看样子是不小的。

华元很高兴,坐着战车,来到军前,准备做战前动员,振臂高呼,士兵们,准备好了吗?

宋军一声高呼,准备好了。

按照规律,接着,华元应慷慨激昂一番。可是,他张开嘴,准备继续自己的鼓动时,发现自己的马车,不是带着自己在自己军队前驰骋,而是跑了,一直跑向楚军军营。华元急了,提醒羊斟道,我没喊冲锋呢。

羊斟不应,只管鞭马向前跑。

停下!华将军喊,还没准备好!

羊斟仍不答应,鞭马奔腾。宋军一看都呆住了,主帅这是怎么啦,扔下我们,身先士卒,一个人去冲锋啦。没有接到作战命令,大家不敢动,都呆呆地傻看。楚军也傻了,不知宋军玩的什么把戏。

一直到羊斟驾着战车,驰到楚军军前,楚军才醒悟过来,敢情是送来个俘虏啊。大家一拥而上,将华元将军扯下,一绳子捆了。羊斟笑笑,对华元道,战前分羊肉,是你做主;今天打仗,是我做主。

华将军这才明白,因为一碗羊肉,自己做了俘虏。宋军远远一见,也明白了,仗还没打,赢输已见分晓,他们败了,主帅已经被俘。大家刀枪一扔,跑了,羊肉补充的能量也格外见效。

在这件事中,出现了两个浑蛋:一个华元,一个羊斟。

华元浑蛋,在于这个家伙把官场上的位分三六九等,竟然挪用到战场上。羊斟浑蛋,在于这个家伙竟然把个人私仇,凌驾于国家利益之上。

两个浑蛋搅和在一起,玩了一曲闹剧,也是悲剧。悲剧的结果,导致宋国大败,在列国纷争中,更加弱小不堪。

智慧在刀尖上开花

朱元璋这人,可不像别的皇帝那样少有大志。他很可怜,小时候,父母双亡,到处乞讨;乞讨不下去了,又去皇觉寺当一介小沙弥,木鱼经卷,阿弥陀佛。

最后,沙弥也当不成了,就木鱼一扔,佛经一烧,拿起屠刀,开始革命。

几十年的刀光剑影,几十年的血雨腥风,几十年的浴血奋战,朱元璋的企业做大了,自己也弄张老板椅,往宫殿上一摆,朝上一坐,建立明朝,当了皇帝。

当了皇帝,那感觉特爽,特舒服,也特得意。尤其看到满朝大臣顶礼膜拜,连称万岁万岁万万岁,朱元璋高兴得险些血压升高。当然,得意归得意,仍得压在心中,仍得一脸庄重:皇帝,得有皇帝的样儿,不能张狂。

这样憋,是能把人憋疯的。

朱皇帝终于选择一个时机,将内心的得意,狠狠地释放了一把。

那次,是去看一座未完成的宫殿。到了宫门,朱元璋手一挥,告诉警卫,都别跟着,我自己进去随便转转。于是,扔下警卫员们,背着手,走进了宫殿。

显然,宫殿还没修好,但也快竣工了。宫殿很高大,很富丽,很堂皇,朱皇帝看了,很爽气。

朱皇帝一高兴,就想起自己打江山的事,两种得意搀在一块,更加得意。左右看看,警卫没来,自己一人,就捋着胡须,得意地自言自语道:"我本来拿着刀子沿江剽掠,只想安安稳稳当个强盗,没想到,一不小心,竟弄出这么大的家业。"说完,忍不住嘎嘎嘎大笑一阵。

笑完,终究不放心,抬头一看,脸色煞白。

原来,果然有人。

那个人,是个老头,就骑在宫殿梁间,正在涂漆,显然是个漆匠。此时,他目不斜视,正在聚精会神于手中的工作。朱皇帝的话,他好像没听见。

朱元璋眼睛里,笑意没有了,射出白亮亮的光,刀子一样。他想,自己今天说的话,要是传出去,不等于自己承认自己的土匪出身,百姓知道今天这事,该如何看自己;大臣知道后,该如何看待自己。

朱元璋这家伙,杀个人在他而言,犹如碾死一只蚂蚁,他的那些大功臣,哪一个不是他举起刀咔嚓咔嚓排头砍过去的,又哪里在乎一个老头子?于是,他抬起头,对着梁上喊:"哎,那位,你下来。"

上面的人仍没朝下望,一心一意,继续着手里的活儿。

朱皇帝脸上的肉颤了两下,放大声音,对着上面大喊:"你下来。"

那人仍忙着刷漆,理也不理。

宫外的警卫们听到喊声,都跑进来,对着梁上大喊:"老头子,圣上让你下来。"众人的嗓门,犹如炸雷,老头听清了,慢慢溜下来,问:"喊什么?"

大家说:"圣上叫你。"

老头点点头,忙走到朱元璋面前跪下道:"臣人老耳聋,没听清圣上呼唤,望恕死罪。"

朱元璋听了,寡白的脸色和缓下来,心里一阵轻松,人一轻松,态度就好了,呵呵大笑,望望左右道:"如此高龄,如此辛劳,理应奖赏。"让人拿来二十两银子,赏给老人,摆着一副亲民的样子。内心里,却长长吁了口气:这样个聋子,能听清什么?

老人接过银子,忙叩头称谢,起身后慢慢出了宫门,擦了把汗,也暗暗吁了口气。只有他知道,朱元璋的话,他听了个十足,一句不落。也只有他知道,自己一点儿也不聋,耳聪目明。他更明白,今天,自己等于是在刀尖下钻过来的,捡了一条命。

老人是装聋,用自己的智慧拯救了自己。

面对困难,有时,我们就如面对刀尖。让智慧在刀尖上开花,而不是凋谢,还有什么困难和危险不可挫败?

大度不是傻

宋朝仁宗时,朝廷有四大名臣,分别为范仲淹、韩琦、富弼和欧阳修。一天下朝,富弼和一个同僚边走边说,高谈阔论,非常高兴。两人刚走出宫门,听到侧边房内传出一个声音道:"别瞧那家伙会说,只是凭借口舌之利,根本难以和范公并列。"

富弼停了一下,他明显地听到了。同僚也侧了一下头,也听见了。然而,富弼仍然手之舞之足之蹈之,陈述着自己的见解。不过,朋友却有意识地侧耳倾听。他觉得刚才那人的话是针对富弼的。果然,侧边那个不合时宜的声音又发出来了:"那老小子,不只是和范公难以并列,和韩公欧阳公也难以相提并论。"

朋友告诉他:"那人好像是说你老先生的。"富弼连连摇头道:"是说别人,别胡猜啦。"朋友无奈,跟着往外走。那个说坏话的人又高声道:"富弼论本事,哼哼,不值一提。"

朋友拉着富弼,告诉他:"这次我可听得一清二楚,就是说你的。去看看,究竟是谁这么大胆。"富弼一把拉住他,睁着眼睛说瞎话:"你听错了,人家不是说我。"

那人说:"明明白白的,说的是富弼。"富弼摇着头,呵呵一笑说:"可能说的是另外一个富弼。"大宋朝堂上还有哪一个富弼能够和范、韩、欧阳三公齐名?于是,朋友长叹一声,一揖而去。

第二天上朝时,仁宗任命富弼为枢密使。这可是大官啊,掌握军权的,相当于现在的国防部长。富弼忙站出来推辞,自己才疏德薄,难以担当大任。

仁宗大笑,告诉他,自己早已想让富弼担当枢密使了。只是有人私下告密,富弼心胸狭窄,因此自己举棋不定,故意让一个太监躲在侧边,大声说着富弼的坏话,想激怒他,用来测试他的度量。

"有此心胸,有此才能,足够担当枢密使。"仁宗最后拍板定案。

富弼推辞不掉,最终接受了任命。凭着自己的大度,还有才能,果然成为一朝名臣,最后被封为郑国公,世人尊称为富郑公。大度,不等于糊涂。糊涂,是万事不明白。大度,是得饶人处且饶人。两者表面看来相似;内里相差,何止万里?富弼可算是深得其中三昧者。

钓鱼城奇迹

钓鱼城是一个神话。

当年,蒙古铁骑挟战神成吉思汗死后余威,东征西讨,几无对手。因而,产生一句谚语——蒙古兵上一万,天下无敌。他们击西夏,破金军,走花辣子模,征俄罗斯:长剑所指,天下惊心;号角声声,历史震动。

可是,在一座小小的城下,蒙古铁骑所创造的神话,灰飞烟灭。

蒙哥汗即位后第七年,在自己亲自率领下,元军分兵三路,直下江南,兵锋甚锐,一时无二。这次出兵,蒙哥汗可以说是势在必得,国中精兵,抽调一空,军中名将,无论哪一个站出来,都是历史天空中最璀璨的一颗将星。

蒙哥汗也发下誓言,不下江南,誓不挥军。

蒙古军采用的战略是,占领四川,然后取高屋建瓴之势,沿长江上游,顺流直下,直取偏安一隅的南宋都城——杭州。

蒙古前锋著名勇将汪德臣,谋勇兼备,一路战胜攻取,直下成都、绵州等处,沿途宋军不是战死,就是败走。一时,四川全省岌岌可危。

四川一下,江南再无险可守。

然而,一个弹丸小城,终于挡住了蒙古军的铁蹄,让草原健儿们的吼声变得暗哑无声,让马背上的勇士黯然失色。蒙古人遭到了建国以来的第一次失败,金鼓不鸣,刀枪无色,士气不振,三军无语。

这个城,就是宋朝之前名不见经传的钓鱼城。

面对这座挡在铁军洪流前的小城,蒙哥汗用尽了当时攻城所能用的各种办法。首先采用劝降的方法,可是守城将军王坚不吃这一套,将劝降的叛徒杀掉,且明明白白告诉蒙古军,这儿只有守城的将军,绝没有投降的将军。

蒙哥汗呵呵一笑道:"好吧,那就让合州在蒙古勇士的面前战栗吧。"

蒙哥汗采取了围点打援的办法,把赶来援助钓鱼城的宋军一支一支吃掉,然后十万大军围住钓鱼城,日夜攻打。

此时的蒙古军,通过数十年的征战,战争技术高超,无论步战、马战,还是攻城技术,都已经达到了世界一流水平。

可是,半年过去,钓鱼城岿然不动。

此时,又遭流行病,蒙古军更是死伤无数。

蒙古军前锋汪德臣大怒,驰马上前,挥剑闯阵,亲自当了敢死队员,向城头扑去。结果,被城上飞下的巨石击中,被救回营,不久呕血而死。

蒙哥汗面对良将毙命,士兵殉身,又是气愤又是忧伤,竟抑郁成疾,不久病死军中,用驴车驮回。元军南征,堂堂皇皇而出,垂头丧气而归。

此一战,毙大蒙古名将多名,且致死其一代国君,更伤亡壮士数万,被蒙古军视为奇耻大辱。

钓鱼城,更拯救了摇摇欲坠的南宋王朝,延续了其二十余年命运。

而且,不只如此。以后,钓鱼城成为四川锁匙,元人断了由川灭宋想法,从襄阳渡江,灭掉南宋。宋亡后年余,钓鱼城仍据险抵抗,奉宋正朔。

这在军事史上,属于一个天大的奇迹。

这个奇迹的实现,不是当时的守将王坚一个人创造的,而是由防守四川的数任官员辛苦创造。

原来,从1243年始,钓鱼城的修筑,已被提到记事日程上。

当时,蒙古军已占领江淮以北,更是派兵连年攻占四川郡县。守川,就是守宋,本着这个念头,宋廷任命当时的名将余玠任四川最高政府首脑。余玠到了四川,鉴于四川及国家形势,准备将州府所在地迁移到一个进可攻退可守的地方,可是,一时又无处可迁。

这时,蜀中有兄弟二人,都是白衣之身,极具文武才能,一个叫冉琎,一个叫冉璞,被余玠请来,请他们给以具体规划。

冉琎与冉璞接受任务后,关门闭户,坐于房内,以土堆山,以白粉画地,长达几个月,终于拿出一份建城规划图,放在余玠面前。余玠见了大喜,并以冉琎兄弟为总设计师,即日动工,开始州府新城的建造。

这个计划刚开始实行,所有州府官员极力反对,余玠愤怒地道:"此城若成,国家得安,大家不同意,那么责任就让我一人负好了。"

钓鱼城,修筑于嘉陵江边,位于重庆上游仅几十公里,是重庆城的北方屏障,因城池依钓鱼山而建,因此得名"钓鱼城"。它依山面水,有险峻高固的内城、外城,有八座堡垒式城门,"炮石不可近","梯冲不可接",形势险要,易守难攻。再加上钓鱼山四周,高山险峻,数十山峰拱卫。当时,冉氏兄弟在每个峰顶上面修治城堡,沿山以石为墙,将这些城堡连贯为城。山中泉水丰沛,筑坝成堰,蓄水为塘,和平时节,种稻养鱼;作战之时,供给水源。

钓鱼城建好不久,冉氏兄弟因劳累过度而死。

余玠不久也病死。

余玠死后,王坚继任。此时,国势一日日衰败,蒙古一日日强盛。为防蒙古入侵,王坚在城墙以内,广开土地,鼓励耕耘,百姓们忙时耕种,闲时练兵。钓鱼城防守几乎做到了何人守何处用何器械这般细致规划。

钓鱼城,建造于1243年,到1278年,由于宋朝已经灭亡,城内军民才投降元朝。在元军进攻下,钓鱼城屹立不倒达三十六年,可谓铁关,也可谓创造了战争奇迹。

当然,奇迹,绝非产生于幸运。如果说它是花朵,那么,催开它的甘露,就是汗水。钓鱼城奇迹,就是几代人汗水浇灌而成的。

第 七 辑

文 化 的 骨 节

走向煤山的崇祯 / 蓝关碑 / 良心的尺子 / 那年的柴桑 /
国殇袁督师 / 文化的骨节 / 孤独的鬼才 / 那一方古典的山水

走向煤山的崇祯

公元1644年3月19日,李自成青袍毡笠,跃马弯弓,挥军攻下北京外城。同一天,崇祯走到他生命最后一天,吊死煤山一棵歪脖树下。殉身的,只有一个小太监,王承恩。

一个王朝,就这样凄凉地退出历史舞台。

对于崇祯,历史学家大多公认,此人非亡国之君,亡国实自万历始。清史家的说法,很能代表一般人的看法,即明在崇祯登基时已"大势已去,积习难挽"。在廷则门户纠纷,疆场则将骄卒惰。兵荒四告,流寇蔓延。遂值溃烂而莫可救,可谓不幸也矣。"

其实,只要我们详细翻翻史书就会发现,明朝灭亡,崇祯实有不可推卸的责任。

崇祯最大缺点是刚愎自用,虚荣心强。其初一继位,即以迅雷不及掩耳之势铲除魏忠贤集团,赢得极大声誉,也使他自负心理走向极端。极端的自以为是、好面子,使他处事乖戾,错过几次国事转机机会,最终国破家亡身死,留下千古遗恨。

首先,错斩袁崇焕。崇祯一朝,能抵御清军并最终稳定辽东局势的,唯袁崇焕一人。崇祯冤杀袁崇焕,无异于自毁长城。一般人说到这,都认为崇祯中了反间计,干下蠢事。这实在是只见其表,未见其里。反间计能哄人一时,很难蒙骗一年,而袁崇焕是下狱一年后被杀。这段时间,崇祯有足够时间去思索：千军万马中,两个太监何以能全身逃归？如此机密,清军怎能唱山歌一样到处宣传？而他最终还是杀害了袁崇焕,原因无他,就是不想让天下人知道自己干了一件蠢事,中了敌人的反间计。他杀害袁崇焕态度越坚决,手段越残酷,越说明他心虚,想极力掩盖什么。

这样做的后果,酿下一个千古奇冤,丧失一个能力挽狂澜的统帅,也丧失了军心。这以后,军队大批投降后金,理由很充足,"以督师之忠,尚不能自免,我辈在此何为？"

其次,松山之战遥控指挥的失误。松山之战,是明清最后的博弈。明军动用精锐十三万,马几万匹;清军也调军十几万。明统帅洪承畴采用"持久之策",即"且战且守",稳扎稳打,拖住清兵,使其欲战不能,粮饷不继,逼其"自困",而后鼓而歼之。此法在明屡败之后用之,符合情理,也十分见效。据说,当时急得皇太极鼻血直喷。在这时,崇祯帮了皇太极的忙,严旨催促洪承畴督兵与清展开集团作战。这是弃长用短,孤注一掷。结果,明军惨败,十几万人眨眼间土崩瓦解。洪承畴被俘,投降清军。

再次,拒绝与清军议和。清人前身是后金,后金前身是女真,女真是曾向明朝进贡的下属。但那是老皇历了,可崇祯偏要翻老皇历,就是不肯承认清为敌国,不肯着眼实际,不肯降低身份与之谈判。当时的情形是明眼人都能看清,明已无力两面作战。最好的方法就是议和,腾出手来,稳定内部。

到了崇祯后期,明廷实在无力两面作战,崇祯被逼同意兵部尚书陈新甲的秘密建议,答应同清私下议和。但消息一旦走漏,他马上以陈新甲为替罪羊,一杀了之。"一寸山河一寸金"整日挂在嘴边,至死不谈议和之事。

最后,拒绝迁都。当大顺军日益逼近京师时,迁都不失为一个办法。迁都南京,其利有三:一则让大顺政权占领北京,来收拾中原这个烂摊子;再则,让大顺政权与清军对峙,自己在江南坐山观虎斗;三则可以学学乃祖朱元璋,在南京蓄积力量,然后兴师北伐。可崇祯抱着"国君死社稷"一条,就是不迁。待大顺军一围城,滚烫泼老鼠,没一个漏网。

崇祯临死前叹息道:"朕非亡国之君,而大臣皆亡国之臣。"对此,清人赵宗复在《李自成叛乱史略》中就给予驳斥道:"然有是君乃有其臣,而曰朕非亡国之君,天下万世其谁信之。"这话说得一针见血。作为一国之君,一个单位一把手,事情办砸,不想承担责任,诿过下属,这是欺人呢,欺史呢,抑或自欺呢? 或许三者兼而有之吧。

蓝 关 碑

那一天,长安城的雪一定下得很大,沸沸扬扬,遮盖了整个皇都的街道、房屋和宫殿。

那一天,蓝关的雪也一定下得很大,铺天盖地,扯絮飞花,淹没了整个的山山岭岭。

但是,在长安,至少有一个人心里是柳绿花红温暖如春的。这个人,就是韩愈。我想当他从书房里走出来,看着漫天大雪时,一定会嘴角含笑;当他手握那份《谏迎佛骨表》奏章,走在皑皑白雪中时,心里一定会充满激动;当他走上殿阶,回望整个都城时,眼里一定充满了希望。

他的心里,有一缕春风在荡漾,有一颗希望的种子,在大雪中生根、发芽、开花。

这个希望,就是大唐中兴。对此,他已经等得太久太久了,已经等得双眼昏花了。终于,他看到了它。

两年前的元和十二年(817),他协助宰相裴度,以行军司马身份,平定淮西叛乱。在蔡州前线,他看到了大唐军队的威武雄壮,看到李愬、李光颜等将军的英勇机智,看到了大唐百姓对王师的热烈欢迎,也看到了大唐王朝从昏睡中走向清醒。

他兴奋地写诗歌颂军队凯旋的盛况:"荆山已去华山来,日出潼关四扇开。刺史莫辞迎候远,相公新破蔡州回。"那种欣喜之情,溢于言表。可是,随着国势渐胜,局面渐好,皇帝却产生了享乐思想,产生了腐化思想,为了长生不老,准备把佛骨从法门寺迎到长安,供奉起来。

所有的大臣,一时之间,喉咙都喑哑了,宫廷上下,鸦雀无声。这时候,他站了出来,为了正在进行的统一大业,为了大唐的命脉,为了国家的希望和自己的理想。他,给历史交上了一份辉煌的答卷——《谏迎佛骨表》。

在这份字词铿锵的奏章里,他指出了佛的虚妄。以南北二朝,尤以梁武帝奉佛唯谨,饿死台城,国亦寻灭为例,指出皇帝迎佛的错误。最后提出希望,要求这位好佛的宪宗皇帝把佛骨扔掉,"乞以此骨付之水火,永绝根本,断天下之疑"。至于佛若有灵,发怒降罪的话,可降到自己身上,"上天鉴临,臣不怨悔"。

中国历史上,这可算一份讨佛檄文,前无古人,后无来者。

轰轰烈烈的京城,一下沉寂下来,在迎佛风潮中头脑狂热的人们,都停止了叩头,回过头来,瞪视着这个胆敢冒犯他们心中偶像的人。

天地之间,一片寂静,在刀箭一样的目光丛林中,只有他,韩愈,独自卓立。

杀——大家醒悟过来,纷纷高喊。

杀——皇帝的金口里,恶狠狠地蹦出这个字。

韩愈没有说什么,默默地在一片喊杀声中站立着,捏着他的表文。既然自己是带着希望而来,既然希望已经破灭,那就让自己用生命去祭奠那轮希望吧。

最终,在朋友裴度的救护下,他在宪宗皇帝的刀子下钻了过来,拉着他的马走向蓝关,走向潮州,走向江河湖海之外,走向蛮荒之地。

雪很大,遮没了天地,遮没了前进的路,更遮没了韩愈的视线。他在飞雪中一定苍老了许多,也一定衰弱了许多。冰冷的雪花,飘洒在他的身上、头上。甚至眉毛上,也沾满了白雪。

站在蓝关的风雪中,他长声慨叹,希望在哪儿?路在哪儿?

在寂寞的关口,他看到了自己久违的亲人——侄孙韩湘。

他清泪盈眶,多少个日子的孤独,多少寂寞与伤痛,终于找到了倾诉的对象,苍凉的诗人提笔写下了那首著名的《左迁至蓝关示侄孙湘》:"一封朝奏九重天,夕贬潮州路八千。欲为圣明除弊事,肯将衰朽惜残年!云横秦岭家何在?雪拥蓝关马不前。知汝远来应有意,好收吾骨瘴江边。"诗写得激愤,却不颓唐;刚劲,而不柔弱。

然后,他和他的马,在那个寒冷的冬季里,在韩湘遥望的目光中,孤零零地南下,去了潮州。在那儿,他驱鳄鱼,开教化,使蛮荒不化的潮州,一变而成文明昌盛的礼仪之地,所以清朝两广总督吴兴祚参谒潮州韩文公祠后,题诗勒石,其诗后半谓:"文章随代起,烟瘴几时开。不有韩夫子,人心尚草莱!"是十分中肯的。

一个心系苍生的人,不是一场风雪所能袭倒的。

可是,感谢一场大雪,是它见证了一个高尚的人的心灵旅程,同样是他映衬着一个卓立千年的身影。

一千多年后,当我随着旅游团经过蓝关时,飞雪飘飘,一如千年前的那场一样。听导游小姐说,前两年,有人想在这儿立一块碑,后来,又没立,不知为什么。我想,什么也不为,因为这儿早就立下了一块顶天立地的碑,这碑就是——韩愈。

良心的尺子

王闿运是清末民初的著名学者,经史子集无所不通,算得上一个通儒,名气之大,一时无二。当年,光绪被囚禁瀛台,无人敢言,唯有王闿运啮指出血,书写奏章,上奏慈禧,要求放出光绪,还政于帝。一介布衣,如此胆量,一时震惊文坛。

王闿运名满天下,同样的,弟子也遍布天下。

王闿运有一个弟子,文采出众,深得王闿运赏识,王闿运称其"杨贤子"。这人,就是袁世凯称帝时的鼓吹者,被誉为"十三太保"之一的杨度。

杨度为了做一代开国文臣,不惜逆历史潮流而动,积极怂恿袁世凯称帝。袁世凯也特别想称帝,可是,又不敢背民意而行。杨度就献策,高官厚禄,罗致天下名士,为袁氏称帝鼓吹呐喊,搞舆论宣传。袁世凯一听,连连称好。

这名人中,杨度推荐的,第一个就是王闿运。他想,自己的老师,一贯对帝制是有好感的,如果来了,听到这事,一定会高兴地举双手赞成的。

王闿运接到弟子来信,听说是接自己去京城住几天,高高兴兴去了。

到了京城,袁世凯极尽巴结拉拢之能事,几乎是几天一宴相请。王闿运在几天的交往中,渐渐探出,袁氏拉拢自己,竟然是为了登基称帝。

对于袁世凯的为人,王闿运是相当不满的。作为一朝大臣,袁世凯一手推翻自己的君主,光天化日之下,赌咒发誓,忠于民国,忠于宪法。可是,口血未干,又拿民国开刀,拿宪法开刀,准备自己登基,开创袁氏王朝。

他想,他得表态,表示自己心中的鄙视,还有自己的不满。但是,袁世凯的手段,他又是清楚的,宋教仁就是一例。他想,态度强硬,可能会带来生命危险;态度模糊,又不符合自己的性情。一时,他装聋作哑,遇着别人谈起国事,自己唯有品茶闭目,不发一言。

这种方法,很有点非不合作不抵抗态度。

那天,袁世凯让人用小车带着王闿运,在北京城到处游转,看了什刹海,游了颐和园,去了天坛。到了下午,司机开着车子,来到了内阁总理衙门,"呜"的一声停了下来,不走了。总理衙门内,一群人走了出来,热烈欢迎,邀约王闿运进去坐坐。

王闿运摇着头,他知道,这是老袁的手腕:自己进去一坐,就等于表了态,告诉世人,对袁氏现行政策没有什么意见。换言之,自己就是上了贼船。

他笑笑,坚决不进去,并且道:"这是动物园。"

开车的司机,还有欢迎的人都很奇怪,望着他道:"这怎么是动物园啊?"

王闿运捋着胡须,很得意地告诉他们:"内阁总理熊希龄是凤凰人,凤凰是飞禽,而熊(希龄)、猿(袁世凯)是走兽。飞禽与走兽皆集于此,不是动物园是什么?"说完,挥手作别。

孔子曾言:"鸟兽不可与同群。"王闿运借用此言,含而不露地表明了自己的态度,告诉袁世凯,自己是不会和他坐在一条船上,也不会拥护他称帝的。

袁世凯听了司机的汇报后,毫无办法,一声长叹,礼送王闿运出京。

杨度知道后,也很是沮丧。

后来,王闿运在日记中评论杨度这个弟子,以及他所鼓吹的帝制道:"弟子杨度,书痴自谓不痴,徒挨一顿骂耳。"意思是说,杨度糊涂,逆历史而动,必遭人唾骂。后来事实,果然如此,帝制失败,杨度被通缉,遭人唾骂,也涂上历史污点。

八十多岁的大师,在大是大非面前,毫不糊涂,反而比弟子还清楚。原因无他,在他的心中,有一根尺子,这根尺子,就是以良心为基准。

那年的柴桑

柴桑,在今天的九江市内,车来车往,一派热闹。

但是,一千几百年前的柴桑,一定又不同于今日的九江,那时,柴桑"回廊亭榭,山色空蒙,烟水淼淼,想英雄身影乍隐乍现于雾锁烟笼中,披甲横剑,临水伫立,衣带当风,阅师点将,以时来风送之姿,立不世功业——"这段文字,出自《寰宇记》,书中所说,应当是三国时的英雄们吧?当年,曹操亲引八十三万铁甲,剑指江南,孔明羽扇纶巾,只身来到东吴,与孙权相会于柴桑。谈笑间,三国之势,在柴桑即成定局。

历史,仿佛就此让柴桑定格,定格成古战场的风景。

然而,又过了几百年,一只小船,沿着河流一路飘摇,来到柴桑。船停下,一个幅巾长袍的读书人走下,到这儿,结几椽茅屋,种几亩薄田。当然,闲下来,也会饮酒赋诗,南山采菊。

又一次,柴桑,在中国文化史上大放异彩。

这人,就是陶渊明。

记得关于赤壁有一副对联,上联已忘却,可至今我仍记得下联:天生一个赤壁,只为了周郎一战,苏子三游。言外之意,赤壁山水有幸,能在金戈铁马之余,又在翰墨丛林中产生出《赤壁怀古》《前赤壁赋》《后赤壁赋》这

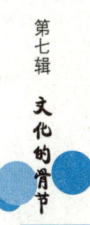

样的绝世文章,从而文才武略,荟萃一处,山也风流,水也浩荡,何其有幸。

柴桑,与赤壁相比,其幸运之处有过之而无不及。因为,这儿不只是产生过赤壁之战的宏伟蓝图,而且还是陶渊明的故里。在这儿,一个诗歌流派崛起,源远流长,流布唐宋明清。

柴桑的幸运,产生于405年的一天。

一个小小的官吏出现了——督邮,今天看来,已不小了,算得市纪检委书记,巡行各处,下属各县,哪一个官员不打躬曲背,不谄媚而笑。然而,在一片恭迎声中,却出现了一个刚直的身影,摇头唱叹,并扔下一句一千多年来让那些一心向上爬并丢尽人格的人脸红心跳的话:"不愿为五斗米折腰向乡里小儿。"

上司,成了乡里小儿,今天的人,吓死也不敢说。

可是,一千几百年前,就有一个读书人敢于这样掷地有声地说。

这人,就是陶渊明。

那一个督邮,想来一定和其他小官小吏无什两样,肥头大耳,昂首向天,趾高气扬。但是,今天,当我们读到陶渊明那些清新如水的句子时,仍得感谢,不是那个督邮的面目可憎,不是官场的黑暗龌龊,又哪来一位超凡脱俗的大诗人?

那天,陶渊明一定犹豫过,是去,还是留?是卑躬弯腰还是昂首挺胸?是丧失人格大拍马屁,还是朗朗大笑自由而歌?

终于,他挣脱了,挣脱了名利,挣脱了享受,挣脱了物质的枷锁。那一刻,注定中国的诗歌史上,将立起一座丰碑。

他挂上官印,脱下官袍,一身青衫布袍而去。

一叶舟,在风中轻扬;两岸山,在雾中妩媚。

那时,他一定站在船头,负手而立;那一刻,他的心中一定空灵如水,旷达如海,洁净如蓝天白云。脱离了官场的龌龊,该是何等轻松啊?甩脱了虚假的面具,又是怎样的畅快淋漓啊?

柴桑的早晨,河道一定是非常寂静的,寂静一如我故乡的河道。

朝阳爬上来，爬上东边山头，一丝丝光线穿破云雾，将山水变幻成一幅活泛的画儿。远处的山上，有斧斫声，有挖地声，还有山歌声；近处，鸡在鸣叫。谁家的草庐上，升起一柱炊烟，直上高空。

陶渊明，终于回归故乡了。

中国诗歌，注定要摆脱烟火味，变得清新自然。

从此，柴桑故里，出现了一个中年人，一脸的书卷气，扛着锄头上山锄苗。月色在天时，才慢慢回来，路上，总会遇见几个村中熟人，他会放下肩上锄头，坐在石头上，和这些人谈论着庄稼的长势，今年的雨水。月光下，一片寂静，虫鸣如雨。

劳累了，或者来客了，他也会到院里摘些瓜菜：上架的豆角，青嫩的黄瓜，再割点韭菜，让老婆炒几个菜，温一壶酒，一杯又一杯，谈笑之间，夕阳衔山，飞鸟归林。

柴桑多水，随意坐下，丝钩一放，钓上来的，就是柳叶般的几条小鱼。坐在月光下，独斟独品，也很舒服。

柴桑多雨。下雨时，扛着锄头跑回来，他会搬张凳子坐在屋檐下，把双脚伸入檐外让雨淋着，一边看着书。

篱前有菊，山上有松，石边多溪水。可采菊看山；可抚松盘亘；可临溪照影，照心，此时，随口吟出几个句子，也轻冷冷的，浮萍一般脆嫩青葱。

这样的日子，不但心轻，就连梦也变得轻盈，仿佛一朵白云一样悠悠地飘，一直飘到天尽头地尽头，飘到月亮中，一片洁白。

归去来兮，故园已芜胡不归？

离开的，是一个小吏；归去的，是一个大诗人。心清，自会诗灵。

多年后，绝世才子苏轼赞叹不已曰："渊明作诗不多，然其诗质而实绮，癯而实腴，自曹、刘、鲍、谢、李、杜诸人皆莫及也。"苏大才子很多诗也如此，大概是受了陶渊明的浸染吧。

脱身官场的陶渊明，就如一朵挣脱淤泥的荷，干净而轻灵。

脱身世俗的陶诗，更如一朵夏日午后的荷，亭亭玉立，清新雅致。

古人嵇康临刑前弹一曲《广陵散》,然后喟然长叹:"《广陵散》今成绝响矣!"这话,用在陶渊明身上,是最恰当不过的——陶渊明之后,那种清风明月般的情怀,那种松风秋菊般的心性,那种白雪梅花般的人品,真成绝响了。

成为绝响的,怕还有陶渊明这个人吧。

国殇袁督师

1

袁崇焕的谥号,是襄愍,南明小朝廷赠的。这个谥号,在古代,一般是给予被冤死的人的,含有平反之意,亦含有同情之意。

如若平反,对袁督师而言,是可以的;若含怜悯,则大可不必:以袁督师这样的铁血男儿昂藏丈夫,岂需怜悯同情。假如那样,不只是对督师在天之灵的亵渎;对炎黄子孙而言,也是一种感情上的亵渎。

因此,这个谥号,不要也罢。

退一万步讲,如果实在要给袁督师谥号,以表后人敬仰之意崇拜之情,我倒认为,"武穆"二字,是对督师最好也是最恰当的谥号。

所谓武穆,用宋孝宗的解释是,"折冲御侮曰武,布德执义曰穆",所以,宋孝宗将之赠给冤死的民族英雄岳飞。武穆,笼而统之,就是疆场上战胜攻取,保家卫国;平日里,忠于职事,爱国爱民。所以,后人称岳飞为岳武穆,从不称名，以表爱戴，表敬仰，表赞美。

袁督师与岳武穆相比，二人功业相似，忠贞相似，遭际也十分相似。

他们都是在国家危难中原动荡之际，挺身而起，执干戈以卫家国，着戎装而赴边疆。而且都是在疆场舍命奋战，浴血不顾，最终挫败敌人。可是，转过身，又都死在了庸君之手。

所不同的是，岳武穆起身军营；而袁督师，则是以一介书生，青衫飘飘走向疆场。

更不同的是，晚明官场，比南宋初年官场更黑暗，更腐败，更缺少阳刚之气。因而，袁督师的死，也就比岳武穆死得更惨，更悲壮；让后人说起，更是扼腕长叹，难以自已。

2

明末，是一个最黑暗最变态的社会。明末的宫廷内外，达官贵人缙绅士子，普遍患有精神阳痿症。这种症结，具体表现在：对外，谈后金而色变；对内，相互之间极尽轧倾，极尽打击，心理之肮脏，手段之残酷，登峰造极，无与伦比。

这时，如果有一个顶天立地的男子汉站出来，他就会成为众矢之的，就会成为他们攻击的目标，打击的对象。"众口铄金，积毁销骨"，他们不只是要在生命上对之摧残，消灭；更要在精神上、灵魂上踏上一脚，使其永世不得翻身。

总之，这是一个王朝将要灭亡时，表现出的最具畸形的阶段。

在这样一个道德败坏、精神颓废、思想肮脏的时代，后金王朝，突然崛起，在他们绝代英明的汗王努尔哈赤的率领下，以十三副铠甲，燃起一场毁灭明宗社稷的熊熊大火。

努尔哈赤率领着他一路强大起来的大军，铁骑如水，号角喧天，战鼓雷鸣，打萨尔浒，占铁岭，下沈阳，破广宁，所向披靡，无人可敌。

明朝,政治上的阳痿,最终导致了士气上的阳痿。

在后金军强弓硬弩之下,在八旗健儿的刀光剑影之中,明军开始是尸横遍野血流成河,继之是丢盔弃甲望风而逃,最后是谈虎色变浑身战栗。

东北大地,顷刻之间风云变色烽火连天。

蹲在金銮宝殿中的明朝皇帝,吓得尿了裤子。那些平日高谈阔论的文武百官,一个个此时如待宰的鸡鸭,面对着东北战场,战战惶惶,汗出如浆。

这时,一个书生,骑着一匹马,蹄声嗒嗒,向山海关而去;几日之后,又蹄声嗒嗒,从山海关归来,扔下一句话:"予我军马钱谷,我一人足守此!"

紫禁城上空,顿时滚过轰隆隆的雷声。雷止了,雨停了,云开了,天晴了。

偌大的紫禁城里,那个昏头磕脑的皇帝,还有那些急得如热锅上蚂蚁的官员,都愣了一下,然后一个个睁大昏花的眼睛,欢呼雀跃起来,仿佛将要溺死的落水人,绝望之中,在海面上看到了一根稻草,紧紧抓住。

是的,当时,他们以为,他们抓住的是一根稻草。但是,不久之后,事实告诉他们,他们抓住的是一根救生艇的缆绳。

他们抓住缆绳,一个个登上救生艇,看到了生的希望。

靠着这艘救生艇,本来,大明王朝还可以苟延残喘,向前行驶。可惜,刚刚喘息过一口气并爬上船的人,又一次把他们的劣性,他们的卑鄙,发挥得淋漓尽致。他们一点也不爱惜那只船,不但不保护它,甚至合起力来砍剁它,毁坏它,最终让它沉没。

他们,也随之沉落海底,万劫不复。

他们的死,并不可惜。可惜的是中原大地,一片烽烟,鸡犬无声;可惜的是嘉定三屠扬州十日中死去的中原百姓。

3

古人爱把国之名将誉为万里长城。檀道济在受到皇帝的迫害,将要被杀时,摘下帽子,愤怒地扔在地上道:"你们这是在自毁万里长城。"

然而,对当时已濒临灭亡的明朝而言,袁崇焕已不是万里长城,而是一艘救生艇。

袁崇焕以他的行动,证明着他在历史转折点上的作用。面对屡战屡胜的八骑子弟,面对战胜攻取的后金铁骑,面对独霸江湖无人可敌的努尔哈赤,宁远城上,一面"袁"字大旗迎风飘扬,一位书生竟按剑而立,昂首云天。

这是一次英雄与英雄的对峙,这是一场注定要载入史册的战斗。

以打遍天下无敌手的十三万之众,去攻打不足两万之人的屡败之师,此次,努尔哈赤挟风云之势,雷霆之威,铁骑滚滚,如潮而来,而且扬言,数日之内,必下宁远,在城中摆下庆功宴。

宁远城头上,袁崇焕的大炮发言了,表达了自己的意见:"轰隆"一声,将百战老将,震落马上;让无敌之师,惊慌变色。

从此,后金健儿牢牢记住了一个人:袁崇焕。

从此,他们才知道,在这个世界上,还有一个人能够阻挡住他们的马蹄,锉削他们的兵锋,打败他们无往而不胜的大汗。

白山黑水间生长的汉子,数十年无敌于天下的男儿,是不会轻易言败的。接下来,他们拿出了他们所知道的当时最先进的攻城方法:云梯、撞车、火药等,可是,几天过去,锦州城仍完好无损,矗立在他们面前;那面"袁"字大旗,仍在风中猎猎作响;那位儒雅的将军,仍以手捋须,伫立城头。

第一次,八旗子弟知道了什么叫失败,也狠狠品尝了一把失败的滋味。

他们尊敬的可汗,不败的战神,也打了有生以来唯一一次败仗,垂头丧气地一挥手,带着八旗子弟撤离战场。临行,努尔哈赤长叹一声:"自二十五岁起兵以来,征讨诸处,战无不捷,攻无不克,惟宁远一城不下。"

袁崇焕,以一座小城,一战,打破了八旗子弟难以战胜的神话。而且,这个神话还在继续——

一年后的公元1627年,袁崇焕再战锦州,打败皇太极的军队。

三年后的公元1629年,北京保卫战,又一次,在袁崇焕的浴血反击下,

后金军仓皇而退。

如果不是明廷君臣合伙,奋力砍倒自己的这根擎天柱子,这个神话还会继续。

可惜,这些都是假设。最终,袁崇焕的生命,在四十六岁上戛然而止。他死时,比岳武穆含冤而死时大七岁。

4

岳武穆之死,天下人皆知其冤:满朝大臣,稍有心肝者,无不奏章飞扬,为其求情;士大夫无不痛心疾首,为其奔走呼号;天下百姓,无不颔首无言,为其忧伤垂泪。

袁督师受刑之日,却恰巧相反:天下之人,无不称其汉奸;天下士子,众口一词,无不咒骂他奸贼;满朝大臣,万口一声,无不称其该死。

二人相较,袁督师的死,更见悲壮,更见惨痛,也更见壮烈。

岳武穆被勒死;而袁督师,则是磔死,千刀万剐啊。

明朝皇帝,还有那班大臣,他们的精神变态,简直达到了前无古人后无来者的地步;他们对高尚和伟大的迫害,简直达到了丧心病狂千夫所指的程度。

从明廷的中央监狱走向西市,我不知道有多长的路,我更不知道袁督师在囚车上经历了怎样的精神痛苦。据史书载,一路上,人们将臭鸡蛋、豆腐和脏东西,都纷纷朝他身上扔去。刑场上,人们更是出钱,争相买他的肉吃。

因为,崇祯说他是汉奸。

因为,满朝大臣说他是汉奸。

我一直猜测,他死时,内心深处,一定充满了愤恨,充满了仇怨。我想,每一个人,如果处于此种地步,都可能这样。

因为,这个世道,对他太不公平了。

可是,我想错了。后来,我读到一首诗,袁督师临死前口占的:"一生事业总成空,半世功名在梦中。死后不愁无勇将,忠魂依旧守辽东。"

由诗来看,临死前,面对着迫害自己的人,袁督师的心中并没有愤恨,没有仇怨。他的心中,仍在担心着这块多难的土地,这片土地上的人民,和这个即将灭亡的国家。无论他们给了他几多诬蔑,几多灾难,几多痛苦,他依然深爱着他们,生死以之,无怨无悔。

他走了,走进历史深处,化成一尊纪念碑。那年,是风雨如晦的1630年。

他和岳武穆一样,成为了历史天空中最亮的一颗星。在他们的身上,我真正懂得了,什么是忠烈千秋。

文化的骨节

傅斯年这人,心里藏不住话,所以,得了个响当当的外号——傅大炮。当年,孙中山也得过这个外号,名曰:孙大炮。

孙大炮的炮弹,轰向满清王朝,最终将其轰塌,成为废墟。

傅大炮的炮弹,却轰向了蒋介石。

他首先选中的主,是蒋介石的连襟——孔祥熙。

孔祥熙这人,看见钞票,眼睛就发红,主政行政院后,利用职权,进行走私、贪污、行贿受贿。傅斯年知道后,勃然大怒,两次上书弹劾孔,并在国民参政大会上,炮弹如雨,轰向孔祥熙。

蒋介石见了,很无奈,忙出面宴请傅斯年,希望抹平这事,套着近乎问傅斯年,你相信我吗?傅斯年点头,表示相信。蒋介石说,相信我,就应当相信

我任用的人啊。傅斯年头一摆，一句话抵了回去："因为信任你也就信任你所任用的人，那么，砍掉我的脑袋我也不能这样说。"

面对此公，蒋介石无可奈何。

最终，孔祥熙灰溜溜地下台。

傅斯年第二炮选中的主，竟然是蒋介石的大舅子宋子文。

宋子文这人，见了黄白之物，和孔祥熙一样，也如苍蝇见血，嗡嗡乱飞。傅大炮又一次震怒了，笔走龙蛇，发挥文章优势，公然在刊物上发表《这样的宋子文非走不可》道："国家吃不消他了，人民吃不消他了，他真该走了，不走国家垮了。"

一颗颗炮弹，烟火熏天，将宋子文打落马下，引咎辞职。

对待极为赏识自己的蒋介石，傅大炮的炮，也毫不客气，炮声震天。

一次，蒋介石想拉拢傅斯年，让其进入国府，做国府委员。傅斯年听了，毫不领情，摇着脑袋推辞了。古代文人讲究"士为知己者死"，可是，傅斯年打破了这种观点，他曾公然道："一入政府，没人再听我们的话了。"他拒绝做奴才，要做一个堂堂正正的人，一个腰杆铁硬的文化人。

他更是阻止朋友胡适出山，一针见血地指出："借重先生，全为了大粪堆上插一朵花。"一语中的，入木三分。

更有一事，他曾单刀直入，让蒋介石下不来台。

蔡元培死后，中研院院长位子成了空缺。

中研院，当时大师云集，名家如林，都是学界一等一的人物。谁来主座，挥斥方遒，领袖群雄，成为当时文化界焦点。

院长选举，采用提名制，由评议员们投票，选出三人，然后交给蒋介石，从中圈定一人。就在大家忙着评议时，会议秘书长得到一函件，是蒋介石的，竟然托关系走后门，"盼以顾孟余为院长"。

傅斯年一听，愤慨至极，几乎拍着桌子当场骂人，只是鉴于顾孟余乃前辈学人，才容忍下来，但是，肚子里的那股鸟气，仍然难以发泄，鼓鼓的。

选举结果，顾孟余只得一票，走了麦城。

虽然如此,傅斯年仍记着那件事。

后来在台湾,蒋介石带着大员,到松山机场迎接"代总统"李宗仁,所有官员权贵,一个个小心谨慎地站着。唯有傅斯年一人,叼着烟斗,喷云吐雾,坐在沙发上,跷着二郎腿,在蒋介石面前,指手画脚地谈话,表示对权势的不屑一顾。以至于后来,谈到傅斯年主管的台湾大学,蒋介石苦笑着道:"那里的事,我管不了。"

难怪,在谈到傅斯年这位朋友时,多少年后,季羡林在《扫傅斯年墓》中赞道:"孟真先生仍然保留着他那一副刚直不阿的铮铮铁骨,他真正继承了历代知识分子最优秀的传统。"

季羡林所说的传统,就是气节。

文化的传承,是由文化人作为中坚。文化人的骨气,决定了文化的骨气。如果,一代文化人,面对权势,面对金钱,面对名利,骨头松了,酥了,甚至软了,那么,文化也会随之匍匐在地,难以直立,成为奴性文化。

中国文化能够屹立几千年,坚挺如竹,就在于有傅斯年这样一些人。

文化的骨节,真正说来,是文化人的骨节。

孤独的鬼才

李贺是鬼才,骑一匹蹇驴,踢踢踏踏,不走木桥,不走柳陌。那些,已经是熟悉的风景,熟悉的风景中,没有诗,至少,没有惊天动地的诗。

阶下虫鸣,竹叶清露,石阶青苔,这些让文人流连忘返的诗料,牵不住李贺的驴蹄。李贺微微一笑，把这些留给宫廷之中那些锦衣玉食、酒后打着饱嗝寻词觅句无病呻吟的卿大夫。

他策着他的蹇驴，一步一步踏过九衢大道，踏过石桥，走向远处，走向薜萝遮盖的地方，走向夕阳古道那边，走向柏木森森的深处，走向荒冢垒垒之地，走向冷烟衰草处，走向孤寂岁月的一角。

在那儿，李贺寻找到了自己倾诉的对象，心灵的安慰。

诗人李贺把无限的落寞，无限的悲愤，诉说给旷野的风，诉说给夕阳古塬和天空游走的白云，诉说给野花草露。在人世，诗人已沉默了，已没有了诉说的对象。

笔落风雨、诗惊鬼神的天才，诗意纵横、才高八斗的诗人，一生郁郁下僚，做一个从九品的奉礼郎。当他孤身行走在一群群鲜衣怒马、脑满肠肥的人面前，该是怎样的无奈，又是怎样的椎心泣血啊？

年轻的诗人，永远不甘做一个书生，更何况是一个白衣书生。

在那样一个时代，一个战乱频仍的时代，诗人只愿建功立业，出将入相，给濒死的大唐注入一针兴奋剂，使它在夕阳晚照中再现一抹盛唐的光辉。"男儿何不带吴钩，收取关山五十州。请君暂上凌烟阁，若个书生万户侯？"那是诗人灵魂的呼喊，是诗人血的沸腾。在诗人的想象中，自己如一匹骏马，在清秋沙漠上奔驰；诗人如一把挂在墙上的宝剑，夜夜长鸣不休，铿锵悦耳。

可是，在一个妒才忌能的社会，在一个风雨如磐的时代，在一个濒临死去的朝代，骏马只能死于槽枥，宝剑只能锈蚀鞘中；诗人，也只能白衣终身。

不屑为文的诗人，终于无奈长叹，走向旷野。

时代，扼杀了诗人的政治前途，然而，却助长了诗人另一方面的才能。

诗人的驴背上，挂着一个锦囊，里面装的不是钱，不是书，是清词丽句，是让世人目瞪口呆的想象，是时人想也不敢想的诗句：每一个句子，足以让当时的一些文人读了，头脑发蒙，目为之眩，神为之乱。

书斋中，即使拈断数茎须，又能怎样？

冷月下，就算三年得一句，又待如何？

所有的琢磨，所有的咀嚼，所有的吟叹，在诗人的句子前，都黯然失色。

苏小小在诗中走来，风华绝代，纱裙飘飘，坐着油壁车，倾城倾国。她所隐没的森林中，露如眼，风吹雨，怪异而凄凉。

铜人在诗中泣泪，青天在诗中老去，苍龙在舞蹈，玉兔在沉思，一切神仙鬼怪，都在诗人笔下轻歌曼舞，挥洒喜怒，倾倒哀乐。

诗人置身于这些幻景中，心里得到一种解脱，一种大解脱。如没有那种大解脱，谁敢说出"遥望齐州九点烟，一泓海水杯中泻"这样大境界的句子？谁又能说出"羲和敲日玻璃声"这样奇特的句子？只有大解脱之后，才有这样的大胸襟，大浪漫和大潇洒。

天下文人，谁能有如此胸襟？

盛唐之下，李白而外，天下诗人，又有谁敢与之并肩？千载之间，文林之中，又有几人敢为此句？在政治上，诗人没有让病入膏肓的大唐起死回生，但是，毫不夸张地说，是诗人，让大唐的浪漫主义诗歌，在李太白之后，再放光芒。

唐代诗歌中兴，诗人功不可没。

诗人生于790年，死于816年，仅仅度过了二十七年的人生，就骑着他的蹇驴，一步步走入岁月深处，走成一道风景。

有人把一百岁活成了一堆土。而诗人却把二十七岁活成了一座纪念碑，一座高峰。

唐人笔记载，诗人死时，有人听到空中隐隐有传旨的声音，让诗人上天，给玉帝做翰林学士。这个传说，有几分安慰，更多的，是无尽的悲凄。

诗人一生的理想，仅以一个传说来归结。

这，是诗人的悲哀，更是一个时代的悲哀。

那一方古典的山水

苏轼如月,三分朗照中秋,三分朗照周郎赤壁,剩下四分,挥挥洒洒,映照了整个大宋文化的天空。从而,唐宋文采,并称风流。

更如月的,是他的人品,他的性格,他的感情。

他潇洒如春风花雨,青天白云,不滞碍于物欲,不羁绊于得失,一袭青衣,芒鞋竹杖,笑对官场得失,坐看鸡虫争斗。

他自然如雪映梅花,水流石上,率性闲适,自成风流,一支竹管笔,指点山河,评论古今,干净优雅,韵致高迈。

但,更让千古士子倾倒的,是他豪迈中的多情,潇洒中的温柔,飘逸中的细腻。

历史深处,我们能听到赤壁月下袅袅的箫音,"如泣如诉,如怨如慕,余音袅袅,不绝如缕";我们能感觉到"十年生死两茫茫"的刻骨铭心的思念;能领会到"相对无言,唯有泪千行"的绝代悲伤。

苏轼,是苏轼的天赋成就了自己,笑傲江湖,淡对人生。

苏轼,更是蜀中山川风物孕育的奇才,胸襟如海,眼界超迈。

如果说,他的豪放,他的超迈,他的见识,得益于个人和蜀中山川;那么,他的多情,他的细腻,他的温柔,则更多地得益于蜀中的那一角山水——青神。

因为,青神有王弗,青神有他少年的爱情。

是那个杰出的女子,用自己的温柔,自己的感情,自己的细腻,滋润了他,浇灌了他,让他走向完美,走向成熟,然后,走上文坛,登高一呼,天下士子,风起影从。

一个男人,近千年来,以他的文采风流滋润着整整一个华人世界。

一个女人,以她的温柔多情聪慧整整滋润了这个男人的一生。

二

至今,我都想象不出青神的样子,就如我想象不出"水光潋滟晴方好,山色空濛雨亦奇"的西湖美景,想象不出"二十四桥明月夜,玉人何处教吹箫"的扬州秀丽,想象不出"乌桕红梨树树霜,船在霜中住"的吴中影子。

但我想象得出的是,蜀中的青神,绝不同于江南。

江南这样玲珑的山水,绝对陶冶不出高歌"大江东去,浪淘尽,千古风流人物"的苏轼的;这样柔弱的山水,也一定孕育不出见识过人的王弗。因为,江南,太多人工的雕琢,少了自然的韵致。

苏轼和王弗,是自然孕育的一对璧人。

我想,思蒙河的水一定很清很清,清得如少女的眼波,在日光下,白亮亮的,一闪一闪的含情脉脉,让每一个从这儿走过人,一颗心都会被浸泡得柔软多情,文采斐然,不说话则已,一吐口,就是平平仄仄,烨然生辉。

这儿的山,一定绿如翡翠,美不胜收。不说别的,单唤鱼池、牛头洞、猴头石、千人床——这样的名字,不说看,单听,就让人倾倒。难怪徘徊此间的蜀中士子,一个个文采超凡,锦心绣口,口吐珠玑。

这儿,一定是最浪漫的,浪漫如月夜的情歌;这儿,一定是最多情的,多情如草尖的露珠;这儿,一定是最风流的,风流如花林的笛声;这儿,一定是最优美的,优美如竹海的鸟鸣。

真的，让每一个文化人难以想象又不得不想的，是青神的山水。

三

在青神行走，应当是静静的，静静地看，静静地想，静静地领悟。

在这一方文化积淀厚重的地方，随意翻捡的砖瓦里，都埋藏着古人的诗句；随意踏过一块石头，都可能是当年苏轼摸过或坐过的。

那小路，那草坪，还有那松冈，都可能有苏轼吐过的诗句，都可能在苏轼的诗文中闪现过。那清朗朗的河水里，都曾经可能有少年苏轼来外婆家玩耍时，在这儿撒过野，打水迷子，仰浮，蛙泳。

走在这儿，不管你是干什么的，是诗人，还是商人，是平民百姓，不管你的修养如何，你的举止自然而然地，就会斯文起来；你的语言不自觉地，就会干净起来。因为，这儿是文章锦绣之乡，是宋代文章成熟的发祥地。

这儿，曾是诞生斯文的地方。

小巷中，时时，你会发现几个人，慢慢地踱步，慢慢地歌吟，不徐不急，神情闲适，浑身透出淡淡的书卷气。

如果感到口渴了，你也可随便敲开一扇门找水喝。一杯清茶，一番闲谈，让你心清如洗，一身轻松。

小巷深处，总会有下棋的老人，三三两两，围着棋盘坐着，有的微阖双目，以手叩棋；有的以手捋须，沉默不语；有的仰首望天，一手负背。

一个个青神男人的身上，都闪现着苏东坡的影子。

四

青神的女子，总是天下闻名的。不说别人，单一个王弗，就倾倒了天下读书人的心。

那是怎样一个女子啊？想想，千余年来，能给苏大才子指示文章缺点，评论话语得失的，须眉之中，又有几人？可，这个女子不但做了，还让苏轼心服口服。又有几人如这样一个女子那样，能慧眼识人，明辨人心？这样一个女子，又是怎样地让那么超脱豪迈的大诗人念念不忘，神伤不已。

漫步千余年后的青神，你情不自禁地会产生怀古之情：这儿，哪一条街的哪一座小楼曾居住过这位风清云白的女子？"小轩窗，正梳妆"，是在哪一扇窗子下？这，是苏轼青神游玩时看见的情景，还是对亲后所见？就是这儿走出的一个女子啊，从此以后，让诗人魂牵梦萦，寤寐思服。

你会不自禁地放慢脚步，把眼光投向街道，投向千年后的青神女子们的身上。

这里的女子，依然风清云白，水水嫩嫩的，如羊羔子，就连说话声都如羊羔子叫，细细的，仿佛还掺杂着丝丝缕缕的膻味呢。

每一个都不是王弗，每一个都像王弗。

五

走一趟青神，你，还了一笔文化的债，同时，也成了一个诗人，随意吐一串词，就是一篇锦绣文章。

其实，徜徉在这样的山水之间，行走在这样的人群之中，生活在这样的文化氛围之中，耳濡目染，不能成为诗人，也会成为画家。

"此身合是诗人未？细雨骑驴入剑门"，过了剑门，我认为，还应当到青神。

青神，就是因为这样，才走出了王弗；也因为这样，吸引了苏轼；更因为这样，近千年来，成了中国文人心头一个想解却又解不开的结。

第 八 辑

爱 心 如 露

用善良治病 / 小鸟的妈妈 / 爱比粮食更珍贵 / 别在职场埋雷 /
奸雄的精明 / 清甜的微笑 / 走进立夏 / 苏轼的尴尬 /
茶瓷的交接 / 亡国的排场 / 向上司借一个枕头 / 心中藏古镇

用善良治病

老师姓江,叫江根山。现在想来,那时,他有40岁左右的样子。他从城里来,为什么来到我们这个地方,我们学生不知道,他也不说。

他爱吹笛子,在夜晚,一个人独坐在操场上,弄一根竹笛。那时,月亮升得很高很高,山里铺了一层水银。静寂中,一声笛音,抛空而起,曲折婉转,恍如银线,在白茫茫的月夜里飘舞。有时清亮,有时细微,到了最后,都袅成一缕丝线,渐渐细小,再细小,以至于最后什么也没有了,只有一轮满月,还高高地挂在夜空里。

那时,我才知道,除了鸟鸣,除了溪声,世间还有如此美妙的声音。

但是不久,他就受到批斗,是村支书组织的,说他是城里来的"臭老九",下来锻炼,还不接受改造,整天弄个资产阶级的小玩意儿。

为了惩罚,村长当场折断了他的笛子,还打了他一巴掌。他一个踉跄,摔倒在地上,人倒没受伤,一根眼镜腿却跌断了。眼镜挂在鼻尖上,引得一些人大笑。

以后,再也没有了笛声。

他就只教书,一个人教五个年级。闲下来时,也给人看病、接肢、扯草药。他成了我们那儿唯一一个老师,也是唯一一个医生。

教室门前有一棵柿子树,一到柿子红时,一群小学生,就如一群猴崽子,向柿子树上爬。

当然,看见他时,大家又急急忙忙地向下爬。

他看见了,急忙喊:"慢慢来,慢慢来,别摔着了。"

果不其然,一次,一个孩子爬到树中间,摔了下来,"哇"的一声哭了,他忙跑过去,扶起孩子。这是村支书的孩子。

孩子的一只胳膊伤了,不能动,就那么横担着。他看看,摸摸,说不要紧,只是脱臼了。然后,他把孩子的胳膊捏捏揉揉,用泡桐树削成板子,夹好,让几个学生送回家,而且非常自信地说:"三天后,包好。"

三天后,孩子被背来了。同来的,还有村支书和他的妻子。

村支书的妻子见了江老师,又哭又骂,说:"没有金刚钻,谁让你揽这个瓷器活。"村支书脸色铁青,一叠声地说:"这是阶级敌人的蓄意破坏,一定的,一定的。"

他没有说什么,把孩子拉到跟前,蹲下身子,仔细地查看伤处,然后,满脸惭愧地说:"怎么就看错了呢?哎,险些毁了孩子的一条胳膊。"

说完,他回到房中,拿来几片药,让孩子喝了,又拿出一个薄薄的刀片,用火烧了烧,在孩子伤口肿起的地方,划开一道口子,里面,流出的不是血,是脓。

他把嘴凑到伤口上,一口一口地嘬着,吐在地上,说:"脓不嘬干净,孩子伤口很难好的。"说完,又嘬,一直嘬到出血为止。

然后,他漱了口,重新给孩子接骨。接好后,去找一味草药,却发现,前几天为了给别人接骨,草药已经用完了。

无奈,他让孩子的父母抱着孩子在他房中坐着,等他。

然后,他又到了教室,布置了几道练习题,让我们做。

一切都安排好后,他背着一个竹筐,拿着一把锄头上了坡。当时正是七月,梅子雨如丝如线,不一会儿,他的人影就淹没在雨雾中。

他一走,就再也没有回来。

村支书大怒,断定他是畏罪潜逃了,马上发动全大队民兵上山搜捕。到了下午,大家终于在一处悬崖下找到了他。他倒在地上,鲜血遍地,早已断了气。

但他背上的竹筐里,却放着几把草药。他的脸上,还有微笑。大概是找到了草药,很兴奋吧。

他死后,手始终紧握着,另一只手捏着那支竹管做成的钢笔。大家掰开他的手,只见上面写道:"把药嚼烂,抹在伤口上,再上夹板。"

这大概是他最后的留言吧。

一时,大家都无言,默默低下了头。突然,一声号啕大哭,村支书跪了下来,跪在烂泥地里,喊:"江老师,我不是人啊!"

所有的人,在这一刻都落下了泪,和雨水一块儿,肆意地流着,仿佛想洗刷掉什么。

看来,当社会畸形、良心畸形的时候,要医治这种病症,最好的药方,是善良。

小鸟的妈妈

村子外面,水,抱了一个圈儿。日日,夕阳铺在水面上,一汪一汪的,如年轻的眼睛,波光潋滟。水边,水草丛生,有菖蒲、芦苇,还有茂柳。里面撒着红的白的黄的花儿,袒露着自己的青春和微笑,灼眼。

我们的学校,就在河的那一边。

日日,我们背着书包,踏着河上的小桥,笑啊跳啊,走向学校。放学后,我们又叽叽喳喳地雀跃着,飞回家。

有时,我们会站在桥的这一边,数着从桥上走过的黑黑的人影,一、二、三……看谁数得准。当然,也数牛数羊,数出一桥黑红的剪影。

夏天的上午,我们就把书包放在桥上,一个个光着身子,跳下河去游泳,蛙游,打水迷子。见有女生经过,故意光着屁股,"嗷嗷"地叫。那些女孩会捂着眼,叫着跑着,去找李老师告状。

李老师来了,我们吓得躲在水中,不敢出来。老师说,不出来,衣服就拿走了。说完,作势要拿,吓得我们一声声叫,跳出水面,都光着屁股跑过来,红着脸穿衣服。

李老师就笑,一对长长的眉眼,细眯着,看着我们尴尬的样子,说:"怎么?这会儿知道不好意思了?刚才光着屁股又跳又叫,怎么就不知道不好意思呢?"

我们的脸更红了,头更低了。

在李老师面前,用我妈的话说,我们乖得像小猫。可李老师偏不说是小猫,说我们叽叽喳喳的,像一窝小鸟。

我们淘气地说,那,你就是一只大鸟。

李老师又笑,眉目弯起,如一尊观音。

一次,上学时下雨,我的裤子淋湿了。李老师把我叫到房中,让我脱下来,给我烤。我一下红了脸,扭捏着,不肯脱。李老师很诧异,说:"咋的?快脱,别感冒了。"

我低着头,蚊子似的哼哼,说:"你是女生,我是男生。"

一句话,说得她咯咯地笑,说:"针鼻子大,还怪讲究的。"她走出去,让我脱了衣服,钻进她的被窝中,然后才进来,给我烤衣服。

课余,李老师教我们唱歌,跳舞,还给我们讲故事,讲《小红帽的故事》,讲《青蛙王子》,让我们在一个物质十分贫乏的岁月,精神上却一片花红柳绿,草长莺飞。

我们那儿白鹳很多。白鹳长嘴长腿,浑身雪白,在水面踱步,如一个绅士,不停地点头,寻食,捉鱼。见有人经过,就凫进水中,露出一个个小脑袋,逗点一样。人一走,就又出来。它们擅飞,常常五六只一群,或者一排,在水

洗过一样的天空飞翔。有时,又拍着翅膀,在绿水青山间盘旋,挥舞着长长的翅膀,一下又一下,很美。

但在童年,我们的兴趣不在于看白鹳飞翔,而在于寻找白鹳的鸟蛋,回家煮着吃;或用弹弓打鸟儿,回家熬汤喝。

我们班的弹弓高手,要算王小小。那小子弹无虚发,特准。一次,在校园内,下课时间,一只白鹳飞过,那小子扬手一弹弓,那只鸟儿就落了下来。李老师看见了,走出来,俯下身子,捧起那只鸟,就像一位妈妈,面对自己受伤的孩子,很痛惜,很小心的样子,捧回了房子,给它治伤,喂它水和食物,一直到那鸟儿伤好,才放它离开。

事后,她对我们说,这些鸟儿多好啊,它们也有生命,也知道痛苦和恋爱呢。这以后,她更有意识地给我们讲《丑小鸭》、《野天鹅》、《鹳鸟》、《夜莺》的故事,把我们带进一个和谐并充满了爱和生命的世界,让我们小小的心里,充满着喜悦、爱怜和对生命的敬畏。

从此,我们的弹弓一个个都失去了踪迹。但不久,李老师就出事了。

那时,公社的一个武装干事,有一枝枪,经常到这一带打猎,尤其爱打白鹳。一次,是星期天,他来了,一枪,打了一只,再打第二只时,一个人,一个长眉细目的年轻女子挡住了他。这人,就是李老师,劝他别打了。

可武装干事根本没把劝他的人放在眼中,又举起了枪。李老师冲了过去,准备夺他的枪,也不知怎么的,一个踉跄,跌进水中。

第二天,是个细雨天,我们来到学校时,才知道李老师死了。

一时,我们站在细雨中,仿佛一群失去翼护的小鸟,扎在一块儿,呆头呆脑,忘记了痛哭,忘记了悲伤,也忘记了细雨。

对于她的死,众说纷纭,有说她准备夺取无产阶级的枪,落水身亡;有说她拒绝改造,自绝于人民,是死不改悔的反革命。由于是反革命,死后没人认真追究,草草掩埋在水草河边。

一堆土,埋葬了我们心中那只伟大的鸟儿,一群小鸟的妈妈。但那么多年过去了,我们的心中始终有一群生命在飞翔,在鸣叫,在驮着夕阳舞蹈。

爱比粮食更珍贵

那是我九岁时发生的一件事。那时,人们很穷,尤其我家,更是穷得要命。当时,我们一家六口人,父母和我们兄妹四个,算得人多劳力少的人家。父母整日不分白天黑夜地在生产队累死累活地干,可无论怎么努力,怎么挣,也不够吃,家里的境况很糟,简直要揭不开锅了。

没办法,父亲和母亲商量,还是把小妹送人吧。

当时,我隔村的姑父没有孩子,姑姑十分希望有一个孩子,就和我父母商量,想在我们兄妹中间引一个去。父亲和母亲望望这个,又望望那个,个个都是心头肉,结果,一个都舍不得。

现在,父亲旧事重提,姑父和姑姑当然很高兴,就一口应承下来。

那天上午,母亲把家里舍不得吃的一点麦面拿出来,烙了个馍,让小妹吃,还做了一碗鸡蛋汤。小妹虽然嘴馋,可还是很懂事的,一边香喷喷地吃着,一边让我们也吃,可我们都摇摇头,没有一个吃。小妹吃好后,母亲给她穿上新衣服。小妹很高兴,叽叽喳喳地笑着。

然后,母亲拿来梳子,沾着清水,给小妹梳头。母亲梳得格外认真、细致。过去,母亲在队上忙,从没顾得上给我们梳头洗脸,这会儿,好像想全部补上似的。梳好,还在上面扎了个蝴蝶结,然后,拍拍小妹的头,流着泪说:"娃,姑父是干部,给姑父做女儿吧,那儿有米有面的。到了那儿,要听话啊!如果想娘或者哥哥姐姐了,就回来看看……",母亲说不下去了,侧转身,肩膀耸动着。

小妹终于明白了原因,一下子扑过去,紧紧地揪着母亲的衣角,大哭起来:"娘,我不去,我要娘。"

母亲流着泪,狠狠心,喊来姑父,让把小妹背走。小妹挣扎着,叫喊着,拉着母亲的衣角不放。我们都哭起来,也舍不得小妹走。

但小妹的手还是被掰开,让姑父背走了。父母亲都流着泪,我们三个也扎着堆儿哭。小妹的哭声,也远远地传来,在夕阳下显得稚嫩、无助。

终于,小妹的哭声听不见了,我们的心,也变得空落落的。母亲拿着个盆子,说要去喂鸡,可人却一直走向猪槽边,向远处的路上望着,愣了一会儿,就扶在旁边的一棵树上,哀哀地哭了。

父亲去劝母亲,把她扶到家里,让她在床上躺一会儿。母亲在床上躺得还不到一顿饭的工夫,就在我们互相猜测小妹已经到了哪儿了,还在哭没有时,姑父匆匆地回来了,头上冒着汗,问小妹回来没有。我们都一惊,忙望着姑夫。

原来,姑父背着小妹,走了一段路后,看见旁边有个厕所,要上厕所,就让小妹在路旁站着等他。可是,等姑父出来时,却不见了小妹。他以为小妹舍不得父母,跑回来了,所以就一路上找了回来。

这一下,我们全家都慌了神,忙出去分头找小妹。姑父也急了,顾不得歇息,加入了进去。

我们来到小妹走失的地方,一边喊着,一边四处寻找着,翻遍了草丛、树林,遇到刺架,也进去看看;水沟、崖下更是逐一察看。一直到太阳下山,月亮白白地升起,我们才垂头丧气地回来。

小妹仍然没有找到,我们都很焦急,难过。母亲更是一直流着泪,没有干过。父亲抹抹头上的汗,说,大家回去,吃点饭,晚上再接着找。于是,我们就都回来了,准备做饭。我去抱柴,到了屋后的柴堆旁,听到有呼噜声,吓坏了,忙跑回家,喊来父母亲,姑父也跟着,一起去看个究竟。

我们慢慢地走到柴堆旁,借着月光,发现小妹卧在那儿,在打呼噜。人已经睡着了,泪水却挂在眼角,长长的睫毛湿漉漉的,如沾露的花蕊;小嘴还高高地翘着,不时地抽咽一下,在睡梦里,仿佛都感觉到委屈。

母亲忙轻轻地走过去,去抱她,嘴里柔声说:"娃,走,娘抱你回家去睡。"

小妹仍然没有醒,梦里抽抽搭搭地念叨着:"不,娘,你不要把我送给姑父。"一时,我们都落下了泪。母亲拍着小妹,连连说:"不送人,再不把我娃送人了。"

小妹终于安定了下来,不哭了。我,也跟着舒了一口气,感到心里舒服多了;风,也仿佛变得轻柔些了;夜,也好像温馨多了。

就这样,小妹终究没有送人,那年春季,我们喝着稀糊汤,吃着蒸红薯,有时还吃糠咽菜,艰难地度过了春荒。但,无论多么艰难,我们一家人都很快活,因为,在我们的心中,还有一种比粮食更珍贵的东西,那就是亲情,是我们对家的眷恋,以及一家人彼此的热爱与团圆。

别在职场埋雷

那年,岳飞回朝。

对于这样一位百胜将军,国之干将,朝廷自然排开仪仗,举行了隆重的欢迎仪式。元首高宗拍板定案,让国务卿秦桧,还有大臣们,举行一场宴会,欢迎岳飞,热闹一下气氛,联络一下感情。

秦桧满面阳光,笑着答应了。

可是,宴会开始,谁坐上席,就成了实质性问题。当时,按宋朝官场规矩,

谁官大,谁坐主位,领袖群雄。可是,岳飞是客人啊,战场归来,劳苦功高,按理,也可以坐上席的。

这事,很棘手,很不好办。

当时,做为南宋的国务卿,秦桧也很想和岳飞这位方面军司令搞好关系,演出一曲将相和,流传后代。因为,再大的奸臣,也是人,他也不想给自己栽刺啊。他捻着胡须,仔细想想,拿出个办法,笑呵呵地道:"诸位大人,咱们这么办,一人吟一首诗,诗作最好的,就坐上座。"

秦桧心里,有个不能明说的理由,让岳飞坐吧,坏了官场规矩;自己这个国务卿坐吧,又失去了待客之道。现在这个方法一出,矛盾迎刃而解:谁做的好,谁上座。自己就算了,随便来首。到时,找个诗写的好的,不论职位,不论主客,往上一推,很有点圆桌会议的格局,不就得了。

大家一听,心里也豁然了,不由翘起手指,大拍马屁:"丞相这个主意高,简直太高了。"

说实在话,秦桧虽坏,处于当时那个场合,这个主意确实不坏。

于是,大家都捻着胡须,绞尽脑汁,摇头晃脑,开始吟诗作文。

这中间有一人,却没认真构思诗歌,而是一脸怒气,走向上座,"咚"一声坐下,高声吟诗道:"自幼从军未学诗,今朝赴宴强为之。削发搓缰系战马,拆衣抽线补征旗。江南美酒君须记,北国风霜我独知。百万金兵临城下,再请诸公去赋诗。"

大家抬头一看,这人,就是岳飞。

这哪是吟诗,这分明是指着各位官员鼻子,把他们臭骂了一通:我在北方征战,历尽艰辛,困苦备尝,好啊,你们这些家伙在这儿却整日喝着美酒,听着音乐,卖弄着诗歌。等到有一天,金人铁蹄南踏,大刀高举,滚瓜切菜,你们再去歌咏你们那些破诗吧。

所有官员,面面相对,凝固了微笑。

秦桧呢,也尴尬地嘿嘿两声,不再说话。

一场酒席,不欢而散。

岳飞,也算给自己前途埋下一颗地雷。

一个人,尤其一个功名赫赫的将军,三十几岁,直线上升,做到方面军司令,本来就够让人妒忌眼红的,再这么对待同僚,更是让一些人怀恨在心。当时,尤其战争年代,金兵虎视眈眈,盘马长江,需要他金戈铁马、效命疆场时,大家还不敢怎么;到了和平时期,尤其宋朝那种极端嫉恨武将拥兵的朝代,皇帝一旦眼光一冷,举起屠刀时,推波助澜者,就大有人在了。

所以,岳飞走向风波亭时,那背影固然高大,固然伟岸,固然让人高山仰止;但同时,那背影也是相当孤独,相当寂寞的。

因为,他在自己前进的路上,像上面那样的地雷,埋得可能不少。

人在职场,不得不谨慎。

奸雄的精明

曹操是奸雄,特能耍心眼,眼睛一眨一个主意。曹冲——他的儿子,是个聪明小男生,也有心眼。奸雄老爸笑傲江湖,盖世无双,一旦和聪明儿子相遇,打擂过招,自会演绎出一段精彩故事。

这段故事,《三国志》中,记载得活灵活现,让人读了,如在目前。

曹冲这位官二代,不但聪明,而且心善,不像时下一些官二代,嚣张跋扈,因此,很为人们喜爱。

一次,曹操的一个仓官出了件麻烦事,一时急得冷汗直冒,无法可想,忙去找曹冲,向他求救。

原来,仓官上班虽敬业,眼睛瞪得铃铛一样,可是,毕竟不是猫,管得了人,管不了老鼠。有只老鼠,鼠胆包天,光天化日之下,众目睽睽之中,置法律于不顾,竟然跑进仓库,咬坏了曹操的马鞍,还在上面撒泡鼠尿,拉下鼠屎,只差没学着孙行者,拿支毛笔,再在马鞍上写下"本帅哥到此一游"的标语。

这在当时可不是小事,按照规定,应当斩首。

仓官知道曹操喜欢曹冲这个儿子,再加上这位小男生聪明,肯帮人,就忙来求他想法。

小男生曹冲想想,告诉他,别慌,自己有办法。

第二天,曹冲起来,穿好衣服,拿着刀子,把自己衣服上割几个口子,低着头去见曹操,一副愁眉苦脸的样子。曹操见了,拍着他的脑袋瓜子问:"儿子,怎么啦,嘴上能挂油瓶啊?"

曹冲扯着衣服,让老爸看,并告诉他,自己的衣服被老鼠咬了,听说,老鼠咬谁的衣服,这人就不吉利,所以心里感到特害怕,也特伤心。曹操听了,哈哈大笑,宽慰儿子,老鼠咬衣服,那是常事,没什么,别相信那些无聊的话。

曹冲一听,笑了,高高兴兴地跑了出去,给仓官眨眨眼,让他进去。仓官点点头,忙跑进去,"扑通"一声跪在曹操面前,告诉他,他的马鞍被老鼠咬了,自己特来请罪,请求处置。曹操听了,捋须一笑:"儿衣在侧,尚啮,况鞍县柱乎?"言外之意,衣服放在身边,小心看管着,尚且被老鼠咬了,何况悬挂在柱子上的马鞍呢,更是防不胜防。

曹操一抬手。于是,仓官免罪。

此话一出,这条不近人情的条令,也等于间接作废,扔进了垃圾桶。

一个几岁儿童的把戏,难道他那久经江湖的奸雄老爸就看不出来,就被蒙住了?刀子割的口子,和老鼠咬的洞,无论如何,也是大不相同的。更何况,曹冲前面说衣服的事,仓官紧跟在后面来报告马鞍被咬,显而易见是双簧,演给自己看的。

曹操看出来了,他是假装不知,哈哈一笑,顺水推舟,废掉了这条法令,赦免了仓官。

同时，他用这种方法，更是为了培养儿子善良的本性。

曹操这人，在教育儿子上，方法确实不同凡夫俗子，也不同于时下一些大官小官。因此，他的儿子，个个出类拔萃，或成为诗人，或成为名将，青史留名。否则的话，历史上，又会多出几个令人痛恨的衙内和官二代，造出几多孽。目的不同，方法不同，手段不同，结果也大为迥异。

由此可见，奸雄，实在是英雄，而非狗熊。

清甜的微笑

蓝天下，一朵小小的红云飞来，很小很小，如一星昨夜的梦。

窗台看见了。

窗台呆在这儿，很寂寞，希望有个伴，陪自己唠嗑，讲讲故事。可麻雀飞走了，嫌这儿冷落。蝴蝶飞来，绕了一圈，就跑了。这儿，一片惨白，一片寂寞：它要去找花儿，谈着说不完的悄悄话。

窗台很难受，看露珠洒下，星星眨眼。至于看到这么小的云朵飞来，还是第一次。

夕阳下，那朵小小的红云，越飞越近。他终于看清了，是朵蒲公英的种子：白白细细的茸毛儿，被夕阳一照，就成了朵小小的红云。

蒲公英种子喊道："窗台叔叔，你好！"

窗台没好气地道："不好！"

蒲公英种子愣了下,眨着毛茸茸的睫毛:"怎么啦?可不许伤心哦。"

窗台能不伤心吗?他告诉这个小丫头,自己呆在这儿,整天孤零零的,虫儿不来弹琴,鸟儿不来歌唱,甚至,连露珠也待理不理,落下那么两三滴。

蒲公英种子安慰:"大叔,别难受,我来陪你。"

窗台听了,吓白了脸,大声道:"不行。"

蒲公英种子疑惑地问:"为什么?你——不是寂寞吗?不是希望有个朋友吗?"

窗台告诉她,自己希望有朋友,"可是,这儿——没土,没水,连雨滴也很少淋来。你没地方定居,会没命的。"窗台说。

蒲公英种子笑笑,告诉窗台,自己选中窗台的砖缝,准备在那儿定居,至于其余的,别担心。说完,带着一身夕阳,落了下来。

窗台问:"行吗?"

蒲公英种子脆脆地道:"你瞧着吧。"

窗台没吱声,它的心中,有点希望,更多的是担忧。

那夜,下了雨,一点一点,落在窗台上。窗台轻声问:"怎么样,睡着了吗?"

蒲公英种子迷迷糊糊道:"大叔,我想眯会儿,过段时间再聊天,可以吗?"

窗台不死心,劝道:"小丫头,还是去别的地方吧。"

蒲公英种子打个呵欠:"这儿好,我——睡了。"

窗台默默的,担心如铅一样,压在心上。

第二天,是个大太阳天,四野晒得亮亮的,窗台的身上,也感到烫人。他喊:"小丫头,喂。"可是,不见答应。他绝望地想,这小丫头,不会被晒死吧?

以后,失去了蒲公英种子的笑声。

窗台,又恢复了寂寞,有时,看到天上飘过的红云,他会忧伤起来,怀念着那个可怜的小朋友。

有一天,窗台在午睡,听到有人轻轻道:"大叔,你好。"是蒲公英种子的声音。它以为做梦,睁开眼,一枚嫩芽露出来,嫩得青葱,绿得水灵,是蒲公英。

"你——回来了?"窗台惊喜地问。

"应当说,我发芽啦。"蒲公英顽皮地说。

窗台睁大眼,第一次端详起这枚嫩嫩的芽儿,在阳光下,显得青嫩,显得坚定。

时间,一寸寸爬动,终于有一天,蒲公英开出一朵小花,黄黄的,非常洁净。蜜蜂来了,唱着他的赞美诗;蝴蝶来了,跳着优美的舞蹈。

窗台,第一次笑起来。

一个中学生走过,看见了,睁着亮汪汪的眼,好奇地打量着蒲公英。回到家,他在笔记本上写下:能像蒲公英那样,坚强执着,在窗台开花,还有什么事做不成?

后来,长大了,他成了个作家。

走进立夏

立夏一到,草木清新。这种新,不是嫩,是绿,清一色的绿:绿得净,绿得深,绿得毫无杂色。这种绿不是水洗的,不是雨露滋润的,是来自地心的绿,是发自生命本身的绿,是一种天然的勃勃的绿。

甚至,走进立夏,人,也一身青绿,一颗心,也变得青绿。

江南天空,有歌词说,是青花瓷色的。北方,立夏之后的天空,也是青花瓷,是一种醉人的蓝,是一种爱情一般纯洁的蓝。那种蓝,清脆,光滑,好像用手指一敲,还会发出青花瓷一般的"当当"声。

在这样的天底下,一切,都显得自然,青葱。

山,再也不是春天那样纤瘦了,而是一种丰盈,一种性感。如果说,春天的山,是赵飞燕,凌波舞步,长带当风,那么,夏天的山,就是一种"侍儿扶起娇无力,始是新承恩泽时"的媚和美了。

水,也不同于春天的水。春天的水,小猫咪一样,咪呜咪呜,低低地叫着,给人生命初始的微弱,婉转跌宕,藕断丝连。夏天的水,就豪放了,有种大手笔的气势,随意挥洒,一泻千里。春天的水,是小品文;夏天的水,是小说;春天的水,是白居易的绝句;夏天的水,是李白的古体诗;春天的水,是小写意;夏天的水,是泼墨画。

山映着水;水,又涵蕴着脆蓝色的天空。天青色的烟雨,此时也不只是属于江南了,同样属于江北。

谚语道:"蝼蝈鸣,蚯蚓出,王瓜生,苦菜秀。"蝼蝈,就是青蛙。立夏一到,青蛙慢慢从土里钻出来,咯哇咯哇地叫,叫出一片山水田园的风味。每一只青蛙,都是一位田园诗人,每一声蛙唱,都是一首绝句,有平仄,也有韵律。

初夏的傍晚,扛着锄头,经过田间小路,风慢悠悠地吹来,已经没了春天的清寒。一朵朵野菜花开在路边,对人含情脉脉地望着。初夏的野菜花,每一朵,都包含着一段蕴藉的心事,以至于花蕾鼓鼓的,就是不说破——山里的花,含蓄,内向。

夕阳下,草木繁盛,翠色染衣,染眉,也染绿了一颗浮荡飘摇的心。

青蛙,在田野,在草丛,在河边叫着,一声一声地回应。田间小道上,遇见最多的是女人,还有孩子,提着篮子,采摘野菜。筐子里,装着青绿鹅黄的蒲公英,很好看的。蒲公英采摘洗净后,做成菜,用味精、清油和醋一烹,下饭喝酒,都很好吃。陶渊明说,"欢言酌春酒,摘我园中蔬",到了立夏,不一定要摘"园中蔬",随意到路边河沿,一采一大搂,都是下酒的好菜。

夏天傍晚,炊烟升起,飘向蓝蓝的天空,显得格外清晰明了,好像淡墨笔在蓝天下画了斜斜一撇,斜阳光一照,那一撇又显得柔柔的,恍如一条白色丝带。有唤归声,一声声从村头,或者树林中响起,一个个孩子回应着,走了回去,走进花木扶疏中,走入清新碧绿中,也走入一片温馨中。

古人说,立夏到来,"万物至此皆长大":花儿长大了盛开,鸟儿长大了飞翔,树木长大了青葱。我们呢,我们长大了,离开故乡,漂流异地,只有在几声蛙鸣中,在花盆里盛开的几朵花儿中,去亲近立夏,去感受立夏。

"孟夏草木长,绕屋树扶疏。众鸟欣有托,吾亦爱吾庐",那种生活,永远陪伴着立夏,陪伴着山水,陪伴着故园,在诗歌之中,在回忆之中,青葱美好。

我们,站在立夏之外,形单影只,遥望故园,遥望日渐走近的立夏,遥望一路鲜花一路碧草一路鸟鸣的立夏,思念,也如青草疯长。

那么,就让我们遥望立夏吧,遥望,也聊胜于无。

苏轼的尴尬

歙砚,产于婺源,是古代四大名砚之一,人赞曰:"坚润如玉,磨墨无声。"古代文人,案头有此一砚,自是生色不少。

苏轼和大家一样,也喜欢歙砚。

苏轼又和大家不一样,是大名人。名人,有名人效应,用谁东西,是给谁面子,说白了,等于在做免费广告。因此,很多制笔的,制墨的,拿着自己东西,不远千里,找到苏轼,让他试试,或许高兴了,夸上一句,自己东西就打出品牌了。

苏轼很得意,可是,面对歙砚,却碰了壁。一次,他派仆人去歙州,告诉仆人,去了就说,苏学士想买方上等歙砚。在他想来,那还不是手到擒来。

可是,不久,仆人回来,空着两手,沮丧着脸,告诉他,歙州人不卖。

苏轼大惊,这究竟是怎么啦?

仆人告诉他,自己去歙州后,找到那些制砚名匠,告诉他们,苏学士想买方上等歙砚。大家问,是大苏还是小苏。仆人说,当然是大苏啊,大家听了,头都摇得拨浪鼓一样,告诉他,去用凤咪砚吧,这砚不给。

苏轼一听,挠着脑袋,恍然大悟,原来,自己一句话把歙州人得罪了。

几年前,他的老朋友王颐拿了方砚来,请他品评,其中意思,不言自明,让他给帮忙抬高身价。

这砚,并不出名,产自一个叫凤凰山的山头。就在山嘴处,王颐发现,那儿石头呈黑色,如漆一般,石质坚实,敲击起来,发出铜铁之音,就开凿出来,做了方砚。苏轼拿在手里,润滑、柔和,赞赏不已,在王颐的请求下,给砚台取名,叫凤咪砚。一高兴,还在砚底写下一行铭文:坐令龙尾羞牛后。意思是说,怎么能让这么好的龙尾上品,处于蠢牛一般的其他砚台之后呢。

这话在赞颂凤咪砚时,把其他砚给普遍作践了一下,比作蠢牛。当然,一般砚台,贬低了也就算了,可歙砚不一样,是名砚啊。

名砚遭名人作践,歙州人很不爽,不爽的结果,拒卖歙砚给苏东坡。

天下闻名的苏学士,因为一句话,失去和歙砚交臂的机会。这,固然是歙砚的遗憾,也是苏东坡的遗憾,因此,苏东坡曾十分沮丧道:"卒不得善砚。"

随意一句话,给中国文化留下一段遗憾。

说话时,实在应有分寸,这样,既有益于自己,也有益于他人。

苏轼尚且如此,何况常人?

茶瓷的交接

喝茶,不得不讲究茶器。因为,茶如素面朝天的女子,稍不注意,配坏茶器,就如让小家碧玉嫁一个浮浪子弟,会坏其一生。

陆羽认为,喝茶器具,越瓷上品,邢瓷为次,都堪饮茶,但相比较而言,越瓷优于邢瓷。所谓者何?用茶圣的话说:"邢瓷类银,越瓷类玉,邢不如越一也;若邢瓷类雪,则越瓷类冰,邢不如越二也;邢瓷白而茶色丹,越瓷青而茶色绿,邢不如越三也。"说了半天,一句概之,茶汤斟入邢瓷,颜色为红,斟入越瓷,颜色青绿,以此定下两瓷品级。

从话里可见,喝茶,得用瓷器。

当时,有金银铜铁器,全部让陆羽排除在外。

周作人也强调,喝茶,得用"素雅陶瓷器具"。

用瓷器,不用别的,是因为在饮茶者眼中,茶乃淡雅之物,乃清纯之物,乃洁净之物,其他器具,难以与之相匹配。

金银杯,如果是人,如同王侯。

茶汤入杯,就如小家碧玉,进入深宫,做人妃妾。虽珠光缭绕,金玉在身,可孤影生寒,孤枕难眠,日日清泪洗面,夜夜望月无语:这不是爱茶,是作践茶,污浊茶。

铜器铁器,犹如商人。

茶汤斟入,犹似琵琶女嫁给茶商,"商人重利轻别离,前月浮梁买茶去",

将一个女子,孤苦伶仃,丢弃船上,漂流江湖,"去来江口守空船,绕船月明江水寒。夜深忽梦少年事,梦啼妆泪红阑干",这,也是对茶的糟蹋,让人心疼。

瓷器,就如一个白衣书生,一个落第秀才。

他洁净,清爽,纤尘不染,车船迢迢,来到京城,笔墨纸砚,走进考场。落第之后,微微一笑,挥手而去,不带走一片云彩,走向江湖,走向山水,潇洒,开朗。这时,可能是口渴了,也可能是累了,他走在桃花盛开的地方,看见一间茅屋,轻轻走过去敲敲门,木门吱呀一声开了,一个女孩走出。

这个女孩苗条,温婉,青葱,眼光洁净如云天一样。她问:"公子,有什么事?"

书生轻轻道:"找点水喝。"

水拿来了,一个喝,一个脉脉地望着,在一抬眼间,四目相视,自有万千情意流淌。然后,经历千回百折,两人走在一起,粗茶淡饭,细水长流,过着清风流水般的小日子。

茶,就是这样的女子。

瓷,就是这样的男子。

茶和瓷的结合,就是这样一份诗意的结合。

什么时候,将它们分开了,饮茶,也就失去了意味。换言之,我们饮茶,饮的是一份清淡,一份洁净,一份小日子中特有的淡远悠长的幸福。

亡国的排场

明朝末年，官员之间，讲究排场，风气之盛，一时无两。

当时官员，互相拜访，必定先派一仆人，名曰"长班"，拿着一张"知单"，骑上骏马，穿戴整齐，提前飞马奔驰，送给被拜访的一方。

后面，主人才乘大轿，仆从喝道，数人抬拥，煌煌而来。那种气势，那种派头，实为历朝罕见。

至于"知单"的样子，也很讲究的，据《流寇长编》记载，是一张洒金纸条，上书自己官衔、姓名，姓名后书一"知"字。当然，那时没有联系电话，就免了书写。总之，知单，就是现代名片的前身。

可见，名片的出现，应在明朝。

明朝官员，整日无事，就坐着大轿，派出手下，骑着快马，到处散发着自己的"知单"，好不得意，好不威风，好不露脸。

然而，不久，李自成就带着部队打到北京城，挥军一拥，围住都城。崇祯皇帝无处可跑，泪流满面，惶惶不已，只有跑上煤山，一根绳索一挂，给一个王朝划上个句号。

这时，京城中发生一曲闹剧，被《流寇长编》记载下来，让后人见了，大开眼界——

当时，有个杭州的提堂官，姓魏，到京城公干，也被困其中，难以出城，彷徨不已。那天早晨，他一早起来，去找自己的一个熟人想想办法。这个熟人，

在张缙彦府中办事。张缙彦官可大了去了,是当时大明朝的国防部长。

他想,或许让熟人去求求这个兵部尚书,能想出个出城办法。

半路上,他看到了自己要找的那个哥们儿,长衣大帽,一身光鲜,匆匆忙忙,朝外跑去。他想,这时候了,这家伙怎么还这么讲究,急急忙忙准备去哪儿?于是,忙一把拦住,问道:"兵荒马乱的,往哪儿跑啊,忙得一头大汗的?"

那哥们儿看见是他,停了下来,擦着汗苦笑,告诉他,自己有一项公干,非常机密,不能相告。

魏提堂心说,嘿,哥们儿,什么机密,对我也保密。于是,一把拉住那人,无论如何不放走,让把机密吐露出来。他想,国防部长的机密,此时来说,可能关系着每个人的性命,当然也包括自己的,不问清楚,心里不安。

那人被拉住,实在无法,就从袖子里掏出一张长长的条幅,打开来让他看。条幅洒金,一片辉煌,是张大人的"知单",知单上罗列的名字,一个个都是大明朝省部级官员:第一个就是曹化淳,那可是崇祯最信任的宫中大太监,一人之下万人之上啊;第二个,就是兵部尚书张缙彦先生,朝廷的一品大员。

魏提堂见了,十分惊讶地问:"怎么,现在他们还有闲心去访友赴宴,喝花酒啊?"

那人摇头,告诉他,这次绝对不是访友,然会问:"猜猜,我这是送给谁的?"

魏提堂猜了几次,都没猜中,那人悄悄告诉他,这是系统张缙彦让自己送给李自成的。

魏提堂一听,更是大吃一惊:"怎么,流贼不杀他们,还请他们赴宴?"

那人一白眼睛,什么赴宴啊,这是朝廷大佬们,听说李自成来了,心慌不已,提前开会商定之后,准备开门迎降,所以写下了"知单",让自己送给李自成。

说完,那人一挥手,跑了。

果然,知单送去,当日李自成就进了城。

魏提堂听了后，慨然长叹，回道旅舍，把所见所闻书写下来，结尾道："思宗孤立之势已成，至中官宰相倡率开门迎敌，可谓痛苦者矣。"

这，其实不算最痛苦悲哀。

最痛苦悲哀的，是一群朝廷大臣，全无心肝，在国破家亡之际，仍不忘排场，不忘阔气，不忘奢侈，派出"长班"，拿着洒金"知单"，鲜衣亮马，出城投降。

全无心肝，全无尊严，全然不知羞耻，才是人生的大痛苦大悲哀。

向上司借一个枕头

陈潢，是康熙朝人，白衣书生。

陈潢没考上学，但是，他知道自己很有才能，想露一手，青史留名。他最擅长的，是治水。他这人，不同于当时的读书人，坐在书房中，八股文背的哇哇的。他重视实际，爱读课外书，尤其是有关水利学的，而且，还自费出去考察，去了河套，去了黄河上游。

可惜，这些，考学时不考。

陈潢每次考试，成绩公布出来，结果都很十悲催。

他摇摇头，想出了一个办法。

当时，黄河屡次决口，洪水泛滥，康熙很不爽，不爽的后果，就是派出治水大臣，去治理黄河。这人，名叫靳辅。

靳辅，可是当时有名的水利专家，一流治水高手。

靳辅上任,一路沿着黄河朝下游走去。当然,古代官员,出去的时候,有时捎带着看看山,赏赏水,吟吟诗。靳辅嘛,也不能免俗。那天,他来到邯郸,邯郸有个著名景点,叫吕祖洞,唐传奇《枕中记》,就是以这为背景诞生的。故事中道,有一个卢生,上京赶考,在邯郸邸舍,遇见一吕姓道士,借给他一个枕头,他枕着枕头睡去,在梦里当官做宦,出将入相,得以实现生平抱负,醒来之后,竟然是一个梦。

靳辅也是读书人,当然也知道这个故事,就去看看吕祖洞。

在道观的墙上,他看到一首诗,写道:富贵荣华五十秋,纵使一梦也风流。而今落拓邯郸道,要与先生借枕头。诗歌结尾,署名诗人姓名——陈潢。

诗中意思,不言自明:我有满腹才能,可以经国济世,可是,而今落拓不遇,别人嘲笑卢生,我还羡慕他呢,如果哪位先生能借我枕头,我也会施展自己的抱负的。

靳辅觉得,从字里行间可以看出,这人是个人才。

墙上墨迹淋漓,想来那人没走远,靳辅忙让手下人去寻找,不一会儿,一个落拓书生出现,正是陈潢。

靳辅当即邀请他,和自己一块儿去驿站聊天。

面对当时一品大员的靳辅,白衣陈潢毫无拘束,侃侃而谈。他故意问道:"不知大人出京,所为何事?"

靳辅告诉他,自己此次出京,专门为治理黄河而来,只是一路忧愁,不知该如何着手才好。陈潢等的,就是这句话,他立马滔滔不绝,拿出自己治水想法,包括"筑堤束水,以水攻沙"的方法,包括"彻首彻尾"的治理方法,甚至提出"统行规划、源流并治"的方法。这些,都被后世所用。

靳辅听后,大喜过望,站起来拍着他的肩道:"先生不是要枕头吗?我借给你!"

于是,陈潢正式受到聘请,成为靳辅治水幕僚,他不只是摇着羽毛扇,出出主意,而是亲自下去,考察,规划,提出建议。对于陈潢的意见,靳辅言听计从,"凡辅所建白,多自潢发之。潢佐治河,主顺河性而利导之,有所患必推其致患之由"。千年泛滥的黄河,第一次听从了人的意志,温顺如处女一般,以至于"海口大辟,下流畅通"。

康熙听说黄河治理成效显著,十分高兴,巡视后问靳辅:"孰为汝佐?"

靳辅赶忙回答,治河成功,都是因为陈潢的作用,并详细讲叙了陈潢在治河过程中,是如何的身体力行,如何废寝忘食。康熙即日下令,授予陈潢佥事道衔。

历史,记住了陈潢的名字,也记住了陈潢的功勋。

历史,更记住了靳辅的名字,还有靳辅的品德。

陈潢的成功,告诉我们,有才,还得会展现自己的才能,会借来上司的枕头。

靳辅的事例告诉我们,作为上司,发现人才,要大肚能容,能借给他们枕头,让他们凸显自己的价值。

心中藏古镇

有古镇的地方,应有山,有水。

山,应青绿一片,应让开一块旷地,为古镇开辟块场地,然后,四周一抱,深山藏古镇。这样的山,不应太高,也不应太险,否则,和古镇的典雅是不相配的。

至于水,应静一些,清一些,最好沿水有树,杨柳最好,一丝丝垂下来,遮着板桥,拂着清水。风吹动柳丝时隐隐约约的,水上有船,船上有渔家女,就

是那种"君家住何处,妾住在横塘。停船暂相问,或恐是同乡"的女子。隔岸呢,三两人家,一缕炊烟。

古镇上,应有戏楼。

戏楼,是木质的,雕花镂纹,有蝙蝠,有龙云福字,有万字头。台上没人唱戏,楼台就那么静静地立在夕阳下,或者黄昏中,扯一丝雨,飘飘洒洒,遮成一幅山水古墨画。如果实在要物有所用,由几个老人组成自乐班,一人一把竹椅,坐在台上,拉着二胡,或吹着笛、箫,也无不可,但不能擂鼓,不能吹号:我心中的古镇,是禁不住大声吵闹的,这样,会破坏古镇那种特有的祥和,宁静。

当然,古镇里少不了青石板小巷,少不了粉墙黛瓦。

青石板小巷,得随屋走势,一曲一折,给人一种别有洞天,一步一景之感。小巷还得幽深,幽深得如岁月一样,仄仄长长的,有的地方,甚至是侧身而过。

小巷深处人家,应木门小户,庭院深深。庭院用石子铺就,有花坛,栽着栀子花红石榴,泼泼洒洒地开。院子很静,隐隐听见人声,却不见人,这样更吸引人。

小巷两边的粉墙上,不时地露出一片青绿的藤萝,也可以冒出一枝花或一串花:一枝花,杏花最好,"红杏枝头春意闹",在一角墙头中露出,连叶绍翁都会驻步,长吟不舍,何况劳生草草的我们,带着一身疲累走过,更会在刹那间被击中心灵;如果是一串花,该是牵牛了,青绿的藤蔓下垂着,可是尾端却翘起来,上面点缀着三三两两的花儿,有开的,有未开的,也有含苞待放的,就那么毫不张扬地生长着,如一颗颗脱离红尘的心,很净,也很轻灵。

小巷的石板缝隙中,有青苔漫延,或生着一茎两茎狗尾草,在风中招摇。

小巷里,当然有人来往,不然,会辜负这样的小巷。

远远的,听到深巷中鞋声橐橐,从空空的小巷里宛转传来,声声入耳。一把小伞,罩着一袭旗袍,在风中轻俏走来,不必是陆放翁笔下卖杏花的女孩,也不必是戴望舒那"带着太息般目光"的女郎,就是小巷人家中的寻常少妇或女子,也是一首婉约的诗。

这时的背景,无论雨中,无论晴日,无论春夏,无论秋冬,都很美。

这样的古镇,永远藏在我的心中。我的心,也永远徜徉在这样的古镇中。

可惜,这只是个清丽的梦。

因为,我们再也难寻到这样的小巷,再也难着一件长衫,撑一把伞,在现实的日子里走回去,走入那样的小巷了。